dtv

Das Scheusal ist tot – erschlagen von einem schweren Stein und Dachziegeln, die aus großer Höhe herunterfielen. Die Nachbarn im vornehmen Münchner Stadtteil Nymphenburg zeigen klammheimliche oder offene Freude, denn Frau Prinz hat sie alle drangsaliert, verleumdet und beschimpft. So ist die Zahl der Verdächtigen groß, und sogar die Mitglieder der eigenen Familie hätten genügend Gründe, dieser personifizierten Bösartigkeit ein für allemal ein Ende zu setzen. Kommissar Kemper gerät immer tiefer in das Geflecht von Rache und Haß.

Asta Scheib, geboren am 27. Juli 1939 in Bergneustadt/Rheinland, arbeitete als Redakteurin bei verschiedenen Zeitschriften und lebt heute in München. Werke u. a.: ›Langsame Tage‹ (1981), ›Schwere Reiter‹ (1982), ›Kinder des Ungehorsams‹ (1985), ›Eine Zierde in ihrem Hause‹ (1998), ›In den Gärten des Herzens‹ (2002).

Asta Scheib

Frau Prinz pfeift nicht mehr

Roman

Deutscher Taschenbuch Verlag

Von Asta Scheib
sind im Deutschen Taschenbuch Verlag erschienen:
Kinder des Ungehorsams (12231)
Schwere Reiter (25125)

Ungekürzte Ausgabe
Juli 2003

www.dtv.de
Erstveröffentlichung: Reinbek bei Hamburg 1999
Umschlagkonzept: Balk & Brumshagen
Umschlaggestaltung: Stephanie Weischer unter Verwendung
einer Fotografie von © Getty Images/Annabel Braithwaite
Gesetzt aus der Garamond 10,5/13· (3B2)
Gesamtherstellung: Druckerei C. H. Beck, Nördlingen
Gedruckt auf säurefreiem, chlorfrei gebleichtem Papier
Printed in Germany · ISBN 3-423-20634-9

I

Die Bewohner der Max-Ernst-Straße liebten ihre Hunde, ihre Häuser, ihre Religion und ihre Partei. So einen Schrei, wie er am Dienstag, dem 2. Februar, plötzlich in der ruhigen Mittagsstunde aufstieg, hoch und anhaltend hysterisch, voll Entsetzen und Lust am Schrecklichen, solch einen Schrei liebten sie nicht. Bayern schrien höchstens für die Sechziger oder für Bayern München, und daher war es nur natürlich, daß es eine Preußin war, Frau Tinius, die am Gartenzaun der Nummer 75 stand und nach einem Arzt rief, nach einem Pfarrer, nach der Polizei, welche letztere, von irgend jemandem benachrichtigt, sich rasch durch Blaulicht und Sirene ankündigte. Kunststück, wo das Revier um die Ecke war.

Immer mehr Leute liefen vor der Nummer 75 zusammen, drängten sich durch bis ganz nach vorn, aber niemand trat durch die Tür zum Vorgarten, obwohl die offenstand. Frau Tinius starrte in einer Mischung von Entsetzen und Behagen durch den Zaun, murmelte ab und zu »ach du heiliger Bimbam, die Frau Prinz«.

»Lassen Sie gefälligst unsere Heiligen aus dem Spiel, Sie haben die Frau Prinz ja gar nicht gemocht«, wurde Frau Tinius von Frau Schierl korrigiert, die es für die höchste und lebenslang ausreichende Eigenleistung hielt, als Bayerin geboren zu sein, und sie duldete es nicht, daß eine Preußin mit bayerischen Werten fahrlässig umging. Die traditionelle, in manchen Bayern stets abrufbereite Abneigung gegen die Zugereisten stieg hoch in Frau Schierl. Doch schon vereinte die Ankunft der Gesetzeshüter Preußen und Bayern wieder zu gesammelter Aufmerksamkeit.

Zwei Polizisten stiegen aus dem Streifenwagen, ihre jungen robusten Gesichter wirkten jovial im Bewußtsein ihrer Bedeutung. Die Umstehenden machten ihnen Platz, doch der jüngere Polizist versuchte mit herablassender Geduld die Zaungäste zum Abzug zu überreden. »Kommen Sie, gehen Sie doch, hier gibt's nichts zu sehen.«

Der andere Polizist kniete bei der Toten, man sah, daß er bemüht war, nichts zu berühren, er schaute nur aufmerksam die Leiche an und ging dann wortlos zu seinem Wagen, um zu telefonieren, und sein junger Kollege schloß das Tor, damit niemand mehr nahe an die Tote herankommen konnte. Die Umstehenden, auch Frau Tinius und Frau Schierl, zogen sich folgsam ein wenig zurück. Das sah man ja ein, die Polizei mußte hier ihre Pflicht tun, schließlich gehörte man sozusagen zu diesem Drama dazu, immerhin kannte Frau Schierl die Tote seit gemeinsamen Kindertagen, und Frau Schierl fühlte mit jeder Sekunde mehr, wie teuer ihr Frau Prinz trotz allem gewesen war. Schon als Schulkinder waren sie zerstritten, eines war selig, wenn das andere nachsitzen mußte, spätere Schicksalsschläge wurden wechselseitig mit Genugtuung registriert, wobei man mitleidsvoll Anteilnahme bekundete. Das gehörte sich so. In Streitzeiten waren sie mit hochgerecktem Kinn auf die andere Straßenseite gewechselt, um einander nicht begegnen zu müssen. Ach ja, schön war es gewesen, und nun auf immer vorbei.

Frau Tinius dagegen war auch angesichts des Todes von keiner sentimentalen Strömung durchflutet, eher vom Gefühl einer ausgleichenden Gerechtigkeit. Unmerklich, wie die Cellulite an ihren Schenkeln, hatte sich in Frau Tinius Abscheu entwickelt gegen die ständigen Pöbeleien der Frau Prinz, die alle Preußen aus der nachbarschaftlichen Gemeinschaft ausschließen wollte. Ließen sich Frau Tinius oder die junge Nachbarin zur Linken, Frau Molden, im Garten sehen, pfiff Frau Prinz so schrill wie der Vogeljakob auf dem Oktoberfest. Dann verließ man den Garten freiwillig, obwohl jedem klar war, daß Frau Prinz gerade deshalb so schauerlich pfiff. Jetzt war sie tot. Plötzlich und unerwartet. Ein Wunder, das Frau Tinius der Sorge enthob, Frau Prinz könnte mindestens zweihundert Jahre alt werden, so daß zu Lebzeiten keine Erlösung von ihr zu erwarten sei. Seit Frau Prinz sich ein Mobiltelefon angeschafft hatte, war es noch schlimmer geworden. Das Handy am Ohr, ragte Frau Prinz wie ein Schreckensmonument auf ihrem Balkon auf und ließ ihre Stimme über die Gärten schallen. Selber schwerhörig, teilte sie ihren Gesprächsteilnehmern brüllend mit, daß die Preußen ihr schönes Nymphenburg zerstörten. Sie beschwor ihre Gesprächspartner, sie doch zu besuchen, um sie über diesen Mißstand hinwegzutrösten. »Ich bin die Beherrscherin der Gärten«, brüllte sie. »Die Preußen sind nicht da, die Moldens-Bagaasch auch nicht. Das müssen wir ausnutzen.«

Hin und wieder traf sich dann eine kleine geriatrische

Runde im Garten, die mit rostigen Stimmen Witze erzählte, über die sie dann scheppernd lachte. Später sangen sie Schunkellieder, in denen merkwürdigerweise immer der Rhein und die Nordseewellen vorkamen.

Nun lag Frau Prinz in ihrem Vorgarten, für immer verstummt. Sie trug ihren knallroten Anorak und die Schirmmütze mit den Ohrenklappen. Eine seltsame Bekleidung für eine Leiche. Aber so war sie gewesen, ohne Rücksicht auf die Umwelt. Man sollte Toten nichts Böses nachsagen, aber Frau Prinz hatte nicht nur akustisch, sondern zweifellos auch optisch zur Umweltverschmutzung beigetragen. Wenn sie in ihrer bedrohlichen Fülle in den Garten hinausgetreten war, schienen die Blätter der Bäume apathisch hinabzusinken, Kinder und Katzen drückten sich in die Büsche, sogar der Pudel von Frau Seifert verzog sich leise jaulend ins Haus. Alle Gärten wirkten trostlos, als hinge eine schwere Wolke über der Max-Ernst-Straße.

Nun waren sie erlöst. Was für ein Tag! Frau Tinius mochte um keinen Preis von der Nummer 75 weichen. Sie fürchtete, aus diesem denkwürdigen Traum aufzuwachen und Frau Prinz würde sich zur Haustür hinauswälzen und wie alle Tage das Unkraut aus ihrem Vorgarten in den der Nachbarn hinüberwerfen. Aber nein, es war kein Traum, die Prinz lag immer noch auf den Steinen, immer noch tot. Frau Tinius würde sich zwar vom Tatort zurückziehen, wenn die Polizei das verlangte und auch die Schierl und die anderen vertrieb, aber weggehen, einfach ins Haus hineingehen und nichts mehr mitkriegen von diesem wundersamen Tod der

Frau Prinz, das wollte sie auf keinen Fall. Schließlich mußte sie doch erfahren, wie dieses Wunder geschehen war. Ein Unfall? Ein Mord? Schauer des Behagens durchfluteten Frau Tinius.

Sie reckte ihre hohe, dürre Gestalt, machte großzügig dem Taxidoktor Platz, damit der auch an dem Drama teilhaben konnte. Der Taxidoktor hieß eigentlich Lersch, war ein praktischer Arzt, aber da er sich seit Jahren darauf beschränkte, nur noch Taxifahrer auf ihre Berufstauglichkeit zu untersuchen, hieß er Taxidoktor. Ehe Frau Tinius ihn in ihre Beobachtungen und Überlegungen einbeziehen konnte, kam auch schon der nächste Wagen vorgefahren, natürlich, das war die Mordkommission, das waren Beamte in Zivil, man hätte sie für Schauspieler halten können, »die sehen ja richtig gut aus, Frau Schierl, gucken Sie mal, da könnte man sich ja direkt verlieben. Schade, daß die Prinz das nicht mehr erlebt, die war ja so lange Witwe, und dann zwei so knackige junge Kommissare, jetzt, wo alles zu spät ist.« Halb ohnmächtig aus Abscheu vor der Preußin, suchte Frau Schierl Trost in den Gesichtern der anderen Nachbarn, sie forschte in den Zügen des Taxidoktors.

»Sie, Herr Doktor, von alleine sind die Steine doch nicht hinuntergefallen, was meinen Sie?«

»Ich meine gar nichts«, sagte der Doktor schwer atmend. Er hatte Asthma, und wenn etwas Ungewöhnliches geschah, bekam er Probleme mit der Atmung. Jetzt inhalierte Doktor Lersch von seinem Taschenspray. Es war nicht klar, ob er Frau Schierl zuhörte, die laut darüber nachdachte, daß unter den Dachdeckern des Hauses 77 so ein Dunkler gewesen sei. Zwar habe er ein Dirndltuch um die Stirn gewunden gehabt, Edelweißmuster, was sie ja schon unpassend finde für einen aus der tiefsten Türkei oder wer weiß woher, aber der sei ihr gleich unheimlich vorgekommen. Am Gerüst habe er das große Wort geführt, die wollten jetzt alle hier bestimmen, sogar deutsche Pässe wollten die.

»Herr Doktor, wir Deutschen sind ja bald eine Minderheit, bald gibt's ja nur noch Gelbe und Schwarze, die machen Kinder wie die Karnickel, und bei uns erlauben die Sozis die Abtreibung – ich sag', wie ich denke, mir kann nix mehr passiern, ich bin ja alt, ich erleb es nicht mehr, wenn die uns rausjagen aus unserem Land und uns massakrieren. Die ganze Ausländer-Bagaasch.«

Der Taxidoktor atmete tief durch. Sein Spray wirkte rasch, eigentlich war Lersch immer homöopathisch orientiert gewesen, doch in der Not frißt der Teufel Fliegen. Und überhaupt war Lersch froh, zeitlich und nervlich aufwendige Patientinnen wie die Schierl los zu sein, seit er nur noch Taxifahrer behandelte. Die Schierl redete ja genauso einen Schmarrn daher wie manche der alten verqueren Taxler, denen offenbar der Teufel das Hirn zugegipst hatte. Da fachsimpelte Lersch lieber mit dem Apotheker über die Gehirnmasse, die unter der rechten Ohrenklappe der prinzlichen Mütze heraustrat. Frau Schierl ließ von Lersch ab und formulierte schon einmal vor, was sie ihrem Mann berichten würde, der in der Wirtschaft Strauß beim Schafkopfen war. Frau Tinius tippte leicht an ihre Schläfe, weil die Schierl sich immer mehr in ihren Ausländerhaß hineinsteigerte, doch niemand achtete auf die beiden Frauen, man wartete gebannt, was der Kommissar, offensichtlich der Hauptkommissar, jetzt tun würde.

Kommissar Konstantin Kemper läutete an der Klingel, auf der Prinz stand, und dann an der zweiten mit dem Namen Prinz-Papke. Im Haus rührte sich nichts, und Frau Schierl und Frau Tinius riefen fast synchron und sich überschlagend vor Eifer, daß da niemand daheim sei, die Papkes gingen beide in die Arbeit, die kämen immer erst am Abend heim.

»Den Tag über war Frau Prinz immer allein zu Haus«, rief Frau Schierl anklagend.

»Immer ganz schön einen gehoben hat die«, merkte Frau Tinius an.

Kommissar Kemper sah sich um in dem trostlosen Vorgarten, auf dessen grauem Beton die tote Frau lag. Ihr Kopf unter der Schildmütze sah ziemlich beschädigt aus, und Frau Schierl informierte ihn von ihrem Beobachterposten aus, daß das die Frau Prinz sei und sie wohne schon immer in der Max-Ernst-Straße, aber so etwas sei hier noch nie passiert.

»Und schon gar nicht Frau Prinz, schließlich ist sie Witwe, schon seit vielen Jahren. Der Mann ist verunglückt, der einzige Sohn auch – und jetzt das. Ist ja kein Wunder, bei all den Auswärtigen, die heutzutage überall herumlungern.«

Die anderen Passanten schienen zu akzeptieren, daß Frau Schierl und Frau Tinius ihr Herrschaftswissen ausbreiteten, und beschränkten sich darauf, den Fortgang des Geschehens stumm zu beobachten.

Der jüngere Beamte, Obermeister Strobl, klingelte an der 73, worauf ihm Frau Tinius zurief, das sei ihr Haus, er könne sie alles fragen, dazu sei sie schließlich als Nachbarin da. Strobl winkte ab, schaute mürrisch zu

Kemper, der bei der 77 schellte, einem Haus, das ähnlich aussah wie die 73 und die 75, aber völlig eingerüstet war. Offensichtlich war das Dach neu gedeckt worden und die Arbeiten noch nicht beendet. Die Häuser in der Max-Ernst-Straße waren fast ohne Ausnahme Reihenhäuser im Jugendstil, die um die Jahrhundertwende erbaut worden waren und damals meist Malern als Wohnung und Atelier gedient hatten. Daher trugen viele Straßen im Viertel die Namen berühmter Künstler, obschon keine mehr dort lebten. In der 77, wo jetzt Kemper klingelte, rührte sich zunächst nichts, und wieder fühlte sich Frau Tinius berufen, den Kommissar mit ihrem Wissen zu unterstützen. »Da wohnen die Moldens, sie ist Sozialarbeiterin oder so was, kümmert sich um Asoziale, er ist Heilpraktiker, aber kein Doktor.« Alle sahen nun zu der Tür, die sich nach kurzer Zeit einen Spalt öffnete.

Die junge Frau hatte eine Brille in ihre dunkellockigen Haare geschoben, trug ein sehr kurzes Kleid und sah Kemper, der seinen Ausweis hochhielt, feindselig blinzelnd an. »Was ist los? Sie haben mich bei einem wichtigen Telefongespräch unterbrochen.«

Kempers Gesicht wirkte für einen Moment verblüfft, unwillig, dann mißtrauisch.

»Hören Sie, ich komme von der Mordkommission, Hauptkommissar Kemper.«

Immer noch gleichgültig, aber etwas aufmerksamer, die Frau: »Und was wollen Sie?«

»Nebenan liegt eine Frau mit eingeschlagenem Schädel. Und ich wüßte ganz gern, ob das ein Unfall war oder ein Mord.«

Die Frau trat jetzt hinaus auf die Treppe, sah die Menschen am Zaun, sah die Leiche, und sie wurde noch blasser, als sie ohnehin schon war.

»Nun«, fragte Kemper ungeduldig, »kennen Sie die Tote?«

»Leider. Sie ist unsere Nachbarin«, sagte die Frau, der sichtlich speiübel war, die aber sonst merkwürdig ungerührt wirkte.

In die Stille rief plötzlich triumphierend Frau Tinius: »Frau Molden, jetzt ist alles vorbei – Frau Prinz pfeift nicht mehr.«

Frau Molden schaute nochmals kurz zu der Leiche, sah dann Kemper zum erstenmal offen und erbittert an. »Sehen Sie, die hat wieder ihre Hand in unserem Vorgarten. Schon ehe wir hier eingezogen sind, hat sie einen Bonsai durch den Zaun hindurch abgebrochen und gestohlen. Unsere Handwerker haben es gesehen, sonst hätte sie es abgestritten. Die lügt wie gedruckt ...«

Mit einem weiteren Blick auf die Tote verbesserte sich die Frau rasch. »Ich meine, sie log wie gedruckt. Wir haben das Beet neu gestalten lassen, darüber hat sie ständig hergezogen, dauernd brach sie Sträucher und Büsche heraus. Das wollte sie offensichtlich heute auch wieder machen.«

Konstantin Kemper schaute die Frau eindringlich an. Er sprach leise zu ihr, fast sanft, doch man hörte die Drohung in seiner Stimme.

»Mag ja alles sein, aber ich würde das nicht unbedingt überall herumerzählen, wenn ich an Ihrer Stelle wäre. Die Frau hat einen verdammt dicken Stein an den Schädel gekriegt und noch zwei Dachpfannen.

Richtig schöne Beweisstücke mit den Kopfhaaren dran. Und Sie sind die einzige, die in der Nähe war. Außer Ihnen ist nämlich niemand von der Nachbarschaft daheim.«

Die Frau zog hörbar die Luft ein und pustete sie wieder von sich, was sehr kindlich wirkte, doch Kemper schien entschlossen, sich von diesem seltsamen Wesen nicht verwirren zu lassen. Die Frau ging wieder die Treppe hinauf zu ihrem Haus. Flüchtig schaute sie zu den Leuten am Zaun, und dann sagte sie ironisch zu Kemper: »Ich hoffe, daß ich es nicht gewesen bin, aber ich war den ganzen Vormittag oben, wissen Sie. An meinem Telefon. An meinem Schreibtisch. Ich habe keine Ahnung, wie die Steine auf Frau Prinz gefallen sind.«

Kemper sah seinen jungen Kollegen Strobl an, der hinzugekommen war und die Worte der Frau noch mitbekommen hatte. Strobl schaute zu Kemper, deutete mit dem Kinn auf die Frau.

»Was hat sie gesagt?«

Kemper sah genervt nach oben, und Strobl betrachtete die Frau genauer, die ihn aus zusammengekniffenen Augen ebenfalls musterte.

Strobl sagte: »Ich würde an Ihrer Stelle nicht so hochnäsig sein. Auf Sie kommt ein Haufen Ärger zu, junge Frau.«

»Bestimmt nicht mehr, als ich mit der da hatte.« Die Frau machte eine knappe Bewegung zu der Leiche, sah dann aber provozierend auf Strobl. »Ich weiß, ich sollte jetzt entsetzt sein, aber ich muß noch üben.«

»Laß uns gehen«, sagte Kemper, »hier kommen wir nicht weiter. Aber Sie halten sich zur Verfügung. Klar?«

Die Frau schloß wortlos die Tür hinter den beiden Kommissaren. Sie gingen die paar Stufen zum Vorgarten hinunter, als ein Taxi vor der 77 hielt, eine stämmige ältere Frau sprang heraus, Kemper und Strobl schauten verblüfft von ihr zu der Toten. Dieselbe Körpergröße, der breite Busen, die kräftige Statur – das war ja Frau Prinz noch einmal. Sie trug einen Trachtenhut, hatte ihn wohl in der Aufregung etwas schräg aufgesetzt, so daß ihr rechtes Ohr abgeknickt unter dem Hut vorlugte. Sie schaute gebannt zu, wie die Leute von der Spurensicherung zusammenpackten, schluchzte auf, als die beträchtlichen sterblichen Reste der Frau Prinz in den Blechsarg gelegt und in den Leichenwagen geschoben wurden.

Frau Tinius korrigierte diese Gemütsaufwallung sofort: »Nun haben Sie sich mal nicht so. Sie haben sich doch ständig angekeift. Gestern hab ich noch gehört, wie Sie zu Ihrer Schwester gesagt haben, daß sie eine alte neurotische Zicke sei.«

Die Schwester der Toten reagierte nicht, sie stürzte auf Kemper und Strobl zu, faßte Kemper am Arm und schrie, daß die Moldens das gewesen seien. »Dafür kommen nur die Moldens in Frage, die haben meine Schwester auf dem Gewissen. Besonders sie, die Molden, das ist ein freches Luder, kein Wunder, daß die Kinder so mißraten sind, die Molden hat meine Schwester gehaßt, sage ich Ihnen, und was die ihr immer an den Kopf geworfen hat, richtig ordinär ...«

Kemper sah Strobl an, dann schaute er wieder fasziniert auf das abgeknickte Ohr unter dem Trachtenhut. Obwohl er es sich verbieten wollte, mußte er immerzu hinsehen, er konnte sich nur schwer ablenken und sich auf die Frau konzentrieren, die ihn erwartungsvoll ansah. »Jetzt beruhigen Sie sich, Frau ...«

»Schwinghammer, Ellen Schwinghammer, mein Gott, diese Molden, ich hab es ja immer gesagt!«

»Frau Schwinghammer. Sie müssen sich jetzt beruhigen. Wir werden schon herausbringen, wer das getan hat. Wir werden Sie sehr bald aufsuchen ...«

»Hast du das Ohr von der gesehen«, fragte Strobl, und Kemper mußte sich das Grinsen verbeißen.

»Um die Molden müssen wir uns kümmern«, sagte Kemper zu Strobl, als sie zum Wagen gingen.

Frau Tinius schoß auf ihn zu. »Jaja, die Molden, die ist schon rabiat. Wie die Jungen heute so sind. Letzte Woche, als es so heiß war, hat sie den Garten gesprengt. Mit dem Schlauch, wissen Sie. Da hat die Prinz rübergebrüllt, daß die Molden stinkfaul sei, den Garten verkommen ließe, aber kostbares Wasser vergeuden, für das die Leute in Afrika stundenweit laufen müßten, das könne sie. Daraufhin hat die Molden einfach den Schlauch auf die Prinz gehalten, die hätten Sie mal hören sollen, wie die gekreischt hat. Sie hat die Molden bei der Polizei angezeigt. Man weiß noch nicht, was dabei herauskommt. Aber ich kann die Molden verstehen, ich hätte die Prinz auch ganz gern umgebracht, die hat uns allen die Freude am Garten vermasselt, die hat gepfiffen wie ein Flötenkessel. Und gesungen. Uraltes Volksgut, Bierzeltmischung, nicht zum Aushalten. Immer durch die Gärten, gnadenlos. Und immer schlecht geredet über die junge Molden. Dabei war sie nur neidisch, daß sie eine Matrone ist und die Molden jung und bildschön. Und über ihn hat sie verbreitet, daß er was mit einer

Patientin hat. Er ist Heilpraktiker, wissen Sie, kein richtiger Doktor, aber er sieht knackig aus.«

Die beiden Beamten stiegen in ihren Wagen, sie gaben nicht zu erkennen, ob sie die Familienverhältnisse der Moldens interessant fanden. Kemper gab Strobl ein Zeichen loszufahren. Strobl hätte fast Frau Tinius mit dem automatischen Fensterheber den Hals eingeklemmt, weil sie unbedingt noch die Information loswerden wollte, daß die Frau Molden ihre Zwillinge nicht richtig erziehe. »Die ist selber fast noch ein Kind! Ich könnte Ihnen Geschichten erzählen über die ... Wenn Sie Informationen wollen, Tinius mein Name, Max-Ernst-Straße 73, ich hab nämlich die tote Prinz gefunden!«

»Die Tinius und die Schwinghammer wären eine Bereicherung für jede Geisterbahn«, sagte Strobl mürrisch, doch Kemper ging nicht darauf ein, und Strobl überlegte laut, wie alt diese Molden wohl sein könne. Höchstens Mitte Zwanzig, vielleicht auch jünger, meinte Kemper, aber ihn interessiere lediglich die Frage, warum der Tod ihrer Nachbarin sie so kalt gelassen habe.

»Ob das ein Unfall war?« fragte Strobl gedehnt. »Es könnte doch auch Totschlag sein, vielleicht sogar Mord.« Kemper schwieg, und Strobl sah ihn ungeduldig an. »Glaubst du, daß die Molden etwas damit zu tun hat?«

»Keine Ahnung, warum sollte sie, vielleicht wegen des geklauten Bonsai?«

»Na ja«, sagte Strobl in plötzlich aufwallendem Mitgefühl, »wenn die Prinz die Moldens immer provoziert hat, da kann sich im Laufe der Zeit schon Haß entwikkeln.«

Kemper sah grübelnd an Strobl vorbei, er versuchte, sich zu erinnern.

»In diesem Haus war schon mal was los. Ein Unfall. Sturz oder so was. Jedenfalls ein Toter. War lange vor meiner Zeit, ich habe es aber noch so am Rande mitgekriegt. Vielleicht müssen wir uns mit der Vergangenheit beschäftigen. Du weißt doch, wenn es um Tötungsdelikte geht, und das nehme ich jetzt mal an, dann müssen wir uns immer mit deren Psychologie beschäftigen. Das heißt, wir bewegen uns in einem Raum, der unscharf begrenzt ist und viele Perspektiven zuläßt. Sieh mal, Strobl, wir kennen den Tathergang nicht, oder nur ungenau, wir kennen den Täter nicht, und über das Opfer, diese Prinz, wissen wir nichts. Wir haben es vielleicht mit einer weitverzweigten Vorgeschichte zu tun ...«

»Da magst du recht haben, aber deine Vorträge hältst du besser in der Polizeischule. Ich kapier das alles nicht. Und überhaupt – ich bin ab morgen sowieso für die Kindesentführung eingeteilt. Die haben noch keine brauchbare Spur, und das Kind ist schon einen Tag lang verschwunden.«

»Dann wünsche ich dir viel Glück«, sagte Kemper, und Strobls mürrisches Gesicht hellte sich für einen Moment auf.

2

Kommissar Kemper parkte vor dem Steuerbüro, in dem Ingrid Prinz-Papke als Steuergehilfin angestellt war. Das Büro lag am Oskar-von-Miller-Ring, in der Nähe der Matthäus-Kirche, und Kemper dachte mit einer kleinen Verlegenheit, daß er dort drinnen auch schon lange nicht mehr gewesen sei. Dabei war er in dieser Kirche konfirmiert worden. Wie lange war das jetzt schon her? Mehr als dreißig Jahre, dachte Kemper – was soll's. In Kempers Augen wirkte die rote Backsteinkirche merkwürdig verlassen, obwohl sie an einer stark befahrenen Straße lag, und Kemper dachte, daß er war wie viele Leute auch – er drängte sich in Ausstellungen, zu Theateraufführungen, in Konzertsäle, zahlte hohe Eintrittspreise – und Kirchen, obwohl sie kostenlos Musik und Predigt boten, interessierten ihn höchstens als Denkmäler.

Kemper beeilte sich, in die Kanzlei zu kommen, prallte fast mit einer alten Frau zusammen, die ein Baby im Kinderwagen fuhr und in dem Korb unter dem Wagen Tüten aus dem Supermarkt verstaut hatte. Kemper hätte auch dringend einkaufen müssen, sein Kühlschrank war leer, er würde in der Gabelsbergerstraße essen, in dem japanischen Restaurant, das er seit einiger Zeit bevorzugte. Kemper rannte drei Treppen hoch, er haßte Lifts, außerdem brauchte er Bewegung, daher stand er ziemlich außer Atem vor der Tür der Kanzlei, die auf sein Klingeln mit einem Summton nachgab. Kemper fand sich in einer leeren Rezeption, doch dann kam eine dunkelhaarige, ziemlich korpulente Frau. Sie mochte in Kempers Alter sein. Sie sah Kemper unfreundlich an.

»Die Kanzlei macht Betriebsausflug, Sie müssen ein andermal kommen. Haben Sie überhaupt einen Termin?«

Kemper holte seinen Ausweis heraus, steckte ihn, nachdem die Frau kaum einen Blick darauf geworfen hatte, wieder ein.

»Frau Prinz-Papke? Kemper, Kriminalpolizei. Frau Brunhilde Prinz, nach meiner Information Ihre Stiefmutter, ist in ihrem Vorgarten, äh, verunglückt. Sie ist tot.« Ingrid Prinz-Papke wandte Kemper ihr flächiges, seltsam leer und muffig wirkendes Gesicht zu. Es zeigte keine Überraschung, kein Entsetzen, nichts.

»Wo ist sie jetzt?« fragte sie knapp, und Kemper antwortete, daß sie im Gerichtsmedizinischen Institut sei.

»Es sind noch Fragen offen.«

»Aha«, sagte Ingrid Prinz-Papke.

»Sie sind nicht überrascht?«

»Ich wurde angerufen. Anonym. Zweimal.«

»Und? Warum sind Sie dann nicht sofort nach Hause gefahren?«

»Zu Hause kann ich nichts tun. Ich möchte außerdem erst heimgehen, wenn es dunkel ist. Ich habe keine Lust, Leuten wie der Schierl oder der Tinius zu begegnen. Ich bin sicher, daß beide mich angerufen haben. Außerdem muß ich hier einiges aufarbeiten. Meine Kollegin ist an Krebs erkrankt. Ich will ihr die Stelle offenhalten, deshalb muß ich im Moment für zwei arbeiten.«

Kemper dachte, daß das alles zwar plausibel klang, gar nicht mal unsympathisch, vor allem das mit der erkrankten Kollegin war ja sehr fair, aber die Kälte in der Stimme dieser Frau Papke, ihr freudloses Gesicht irritierten ihn trotzdem.

Sie bat ihn in ihr Büro, ging vor Kemper her, und er dachte, daß sie eigentlich den Gang einer schönen Frau hatte, seltsam, sie ging, als wäre sie schön, obwohl sie plump und farblos war.

»Es ehrt Sie natürlich«, sagte Kemper, »daß Sie für Ihre kranke Kollegin mit arbeiten, trotzdem müssen Sie sich jetzt Zeit für mich nehmen. Es geht schließlich darum, wie Ihre Stiefmutter umgekommen ist. Ich habe Gründe, mich mit Ihrer Familie intensiv zu beschäftigen. Und ich glaube, das wissen Sie auch. Also fangen wir in Ihrer Kindheit an.«

Ingrid Prinz-Papke schaute Kemper aufmerksam an, dann wurde ihr Blick abwesend, wie nach innen gerichtet. Kemper sah, wie unter den Achselhöhlen ihrer blauseidenen Bluse feuchte Flecken den Stoff dunkel färbten. Fast schwarz.

3

Als sie schon über zwanzig war, glaubte Ingrid Prinz immer noch, daß ihr Bruder Nepomuk der einzige Mensch sei, der sie liebhatte und dessen Liebe sie erwiderte. Beim Tod ihrer leiblichen Mutter war sie acht Jahre alt gewesen, alt genug zur Verzweiflung, doch ihre Trauer war mit Wut gemischt, mit Enttäuschung darüber, daß die Mutter weggegangen war in eine Klinik, daß sie ihr versprochen hatte, bald zurück zu sein, und dann war sie niemals wieder heimgekommen. Lange hatte Ingrid gewartet, langsam bröckelte das Vertrauen in die Mutter, auch die anderen sagten ihr, daß sie nicht mehr komme, und mit der Zeit verlor Ingrid auch den letzten Rest von Glauben. Sie nahm den Tod der Mutter hin, blieb stumm, wenn man mit ihr reden, ihr etwas erklären wollte, und als die Stiefmutter ins Haus kam, akzeptierte sie ohne Gefühle diese neue Frau des Vaters, die zu Ingrids Erleichterung mit ihrer Mutter keine Ähnlichkeit hatte, die für Ingrid stets nur die zweite Frau ihres Vaters bleiben würde.

Mit ihrem Halbbruder Nepomuk, von allen Muck genannt, war Ingrids Leben eine Zeitlang komplett gewesen. Ihre Hingabe an das Baby, das ihr nach den ersten Wochen übertriebener mütterlicher Fürsorge immer öfter anvertraut wurde, war mehr als die kindliche Freude am Puppenspielen. Ehe Muck auf der Welt war, hatte Ingrid sich endlos allein gefühlt, stundenlang vor dem Haus auf dem Gehsteig gehockt und gewartet, daß der Vater heimkam aus einem Büro der großen Firma Siemens. Gingen Nachbarn vorbei, versuchten sie, Ingrid zu trösten, doch Ingrid schienen der Mund, die Augen und Ohren verriegelt, niemand konnte sie erreichen. Ingrid wollte und konnte sich niemandem mitteilen. Ein dicker Klumpen ballte sich in ihrer Kehle zusammen, tat stechend weh, wie die Tränen, die sich hinter den Augen sammelten und schmerzten, weil sie nicht herausbrechen konnten. Am schlimmsten war es, wenn die Schierl kam. »Ingrid, armes Kind, du dauerst mich, mit dieser Stiefmutter« – oder Frau Tinius, die schon von weitem rief »Ingridchen, Liebchen, kümmert sich deine Stiefmutter denn gar nicht um dich«. Sie legten Ingrid Schokolade in den Schoß, Frau Tinius einmal sogar eine richtige Käthe-Kruse-Puppe. Ingrid rührte nichts davon an, schließlich holte die Stiefmutter die Sachen ins Haus.

Natürlich wußte Ingrid bald, daß im Elternhaus ein Kind erwartet wurde. Aber sie hatte sich nicht vorstellen können, wie das war, einen Bruder zu bekommen, so etwas konnte man sich nicht vorstellen. Ingrid freute sich nicht auf den Bruder, sie wollte nur, daß ihre Stiefmutter sich nicht länger unförmig durchs Haus wälzte, wehleidig und übel gelaunt, Ingrid und der Vater konnten ihr nichts recht machen. »Du bist nicht die erste Frau auf der Welt, die ein Kind kriegt«, sagte der Vater, und damit heizte er die schlechte Laune der Stiefmutter noch an. Sie schimpfte, daß es auch sein Kind sei, das ihr auf dem Ischiasnerv liege, und er solle gefälligst Rücksicht nehmen, das habe sie sich verdient als werdende Mutter.

Als sie dann aus der Klinik kam, das neue Kind in sein Körbchen im Zimmer der Eltern gelegt wurde, berichtete sie empört, daß ihr Sohn von einer Kinderschwester Schreihals genannt worden sei. Sie habe zwar scheinheilig »kleiner Schreihals« gesagt, aber es sei doch unerhört von der Person. Der kleine Nepomuk, ein zarter Junge mit Neurodermitis, schrie tatsächlich ausdauernd, Tag und Nacht, er juckte und schuppte sich durch sein Säuglingsleben, so daß sich das prinzliche Anwesen bald in ein Tollhaus verwandelte. Beide Eltern, ihres Schlafes beraubt, gifteten sich nur noch an, einer forderte den anderen auf, Nepomuk nächtens durchs Haus zu tragen und in den Schlaf zu singen. Der Vater rief alle guten Geister an, ihm doch zu erklären, wieso er noch einmal habe heiraten müssen, und dann auch noch so eine greisliche Xanthippe, die nicht einmal mit einem Säugling Frieden halten könne. Bald kam zwischen dem Ehepaar keine Einigung mehr zustande. Nepomuk wurde mit seinem Körbchen aus dem Elternschlafzimmer verbannt und ins hinterste Eck der Wohnküche geschoben. Da konnte er schreien, soviel er aus sich herausbrachte, die Eltern hörten es nicht.

Ingrid, tagsüber Opfer der unausgeschlafenen Stiefmutter, tat alles, ihr nicht unter die Augen zu kommen. »Rühr ihn nur ja nicht an!« schrie die Stiefmutter, wenn Ingrid in die Nähe des Bruders kam. Also ging Ingrid dem Körbchen und seinem brüllenden Inhalt aus dem

Weg. Als der Säugling in der nächsten Nacht wieder zeternd brüllte, wovon sie wach wurde, weil ihr Zimmer genau über der Küche lag, schlich sie doch hin und erschrak. Wie ein Tiefkühlputer lag der Bruder in seinem Korb, er hatte sich aus sämtlichen Tüchern, Dekken und Hemdchen herausgebrüllt, lag nackt und erledigt am hölzernen Gestäbe, sein zahnloser Kiefer war schier ausgerenkt vom Brüllen, sein Kopf glich einem nackten Schädel. War der tot? Quatsch – dann könnte der ja nicht brüllen. Vorsichtig befühlte Ingrid die ausgekühlten Füße, Hühnerbeinen ähnlich. Dann sah sie, daß unter den dürren Rippen das Herz schlug, rasch, regelmäßig. Der Atem rasselte ein wenig.

Ingrid holte ihre Wärmflasche, ließ im Bad heißes Wasser reinlaufen, deckte den Bruder zu mit allem, was sie fand, und obenauf legte sie die Wärmflasche. Dann begann sie, den Wagen rhythmisch hin- und herzuschieben, immer hin und her, dazu sang sie »Schlafe, mein Prinzchen, es ruhn Schäfchen und Vögelein nun«. Was sonst hätte sie singen sollen? Es funktionierte, Nepomuk schlief ein, und sei es aus Erschöpfung. Ingrid schob ihn durch das gesamte Erdgeschoß, zeigte ihm den Flur und das Treppenhaus mit den Bildern der Ahnen, die Wohnräume, die Küche, und dann schob sie ihn in die kleine Loggia, den Anbau, von dem aus man in den Garten sah, Bäume, Büsche, durch die alle Nachbarskatzen schlichen, schwarze, weiße, getigerte, im aufdämmernden Morgenlicht sahen sie wie kostbare Palastwächter aus.

Nepomuk würde sie alle kennenlernen, und dieser Gedanke breitete sich warm und freundlich in Ingrid aus. Sie hörte plötzlich, daß es regnete, die Tropfen knallten immer, als trommle jemand auf der Dachrinne herum, Ingrid spürte zum erstenmal seit dem Tod der Mutter, daß ihr der Regen gefiel, der Garten, die Katzen, vor allem aber gefiel ihr Nepomuk.

Nepomuk, den Ingrid zum Ärger der Stiefmutter bald Muck nannte, wuchs zu einem ziemlich unbotmäßigen Jungen heran, vor allem aber war er der Verbündete Ingrids gegen die Stiefmutter. Wenn es einem Menschen gelang, Brunhilde Prinz auf die Palme zu bringen und dort kreisen zu lassen, sie mundtot zu machen oder mit wenigen Worten aus dem Zimmer zu treiben, dann war das Muck. Ingrid war sicher, daß ihr Bruder den Eltern niemals verziehen hatte, daß sie ihn nicht nur eine Nacht, sondern viele Nächte durchbrüllen ließen, hilflos in seinem juckenden, schuppenden Gehäuse. Muck würde ihnen diese Nächte heimzahlen, vor allem der Mutter. An ihr wäre es gewesen, ihn zu trösten, mit Puder zu versehen gegen den Juckreiz, ihm seine Fenistil-Tropfen zu geben. Aber nein. Dem Vater sah Muck schon eher seine egoistische Schlafsucht nach, schließlich mußte er jeden Tag zu Siemens, damit sie Geld hatten, die ständig fälligen Reparaturen am Haus zu bezahlen.

Geld. Es schien Ingrid und später auch Muck, daß auf vorhandenes oder nicht vorhandenes Geld alles in ihrem Elternhaus hinauslief. Brunhilde Prinz jedenfalls teilte den Kindern jeden Tag mit, daß man kein Geld habe, um halbwegs anständig zu leben. Alles verschlängen die Steuern und das Haus. Das Elternhaus, das für die Kinder erhalten werden solle und für die darauf folgenden Generationen. Kleider für Ingrid und Muck wurden grundsätzlich aus den abgelegten Sachen der Eltern herausgeschneidert. Das besorgte eine Frau, die niemals das Handwerk des Schneiderns gelernt hatte und deshalb einsah, daß sie nicht soviel Geld nehmen konnte für ihre Arbeit wie professionelle Näherinnen.

Murrten die Geschwister, ergoß sich über sie eine Suada, die sie schon auswendig herbeten konnten, sie war das Lieblingsthema von Brunhilde Prinz, die zwanghaft darauf aus war, ihren krankhaften, durch keine Not gerechtfertigten Geiz zu begründen. Schließlich, so eiferte sie, hätten die Prinzens nicht das Glück, Gemüsetandler zu ihren Ahnen zu zählen wie die Schierl, die jetzt auf den Goldbarren sitze, die ihre Großeltern im Münchner Großmarkt errafft hätten. Die Schierl selber habe nie im Leben einen Pfennig selber verdient, wenn sie nicht so reich gewesen wäre, hätte sie nicht einmal einen Mann bekommen, schiach wie sie war. Beim Doktor Lersch sei es das gleiche gewesen. Von einem Onkel aus Meran habe er das dicke Geld geerbt, um sich sein Haus in der Max-Ernst-Straße zu kaufen. Möbelwagen, sage und schreibe drei Möbelwagen seien dahergekommen, voll mit den wertvollsten geschnitzten Antiquitäten, die man sich vorstellen könne. Natürlich habe der Lersch nie die geringste Anstrengung machen müssen als Arzt. Seine Taxifahrer seien ins Haus gekommen, er habe sie ein bißchen abgehorcht, und dann seien sie wieder losgefahren, ihr Gesundheitszeugnis in der Tasche, und Lersch habe dafür vom Gesundheitsamt ein sattes Gehalt bekommen. Andere Patienten habe der nur im Notfall behandelt. Manchen Leuten gebe es der Herr eben im Schlafe. Genau wie der Tinius, dieser preußischen Nervensäge. Nur weil ihr Vater ein Kriegsgewinnler gewesen sei, Immobilienmakler habe sich der genannt, habe die Tinius das Glück gehabt, sich in so einer bevorzugten Lage wie Nymphenburg niederlassen zu können, wo sie mit ihrem kölnischen Großmaul hinpasse wie eine Faust aufs Auge, aber wirklich.

Daß Brunhilde Prinz in ihr Haus auch nur hineingeheiratet hatte, war ihr nach dem biblischen Gesetz vom Balken im eigenen Auge und dem Splitter im Auge des anderen lebenslang nicht aufgefallen.

Als Mann und Sohn noch am Leben waren, konnte Brunhilde Prinz nicht derart hemmungslos ihren Sozialneid ausleben. Richard Prinz, ein nüchtern denkender Diplomingenieur, verbat sich an einem weiß-blauen Frühlingssonntag, an dem er sich einfach seines Lebens hatte freuen wollen, endlich Brunhildes ständiges Gemäre, wie er wörtlich sagte. Wenn sie versäumt habe, reich einzuheiraten, sei das nicht seine Schuld, er sehne sich nach den Zeiten mit seiner ersten Frau Dina. Sie habe sich selber was gegönnt und allen anderen auch, und damit sei das Thema Geld erledigt gewesen. Kunststück, schrie Brunhilde, Kunststück, sie hat eigenes Geld von ihrer Mutter gehabt, sie konnte sich alles leisten. Richard Prinz schrie zurück, daß Brunhilde sich nicht nur die falsche Mutter, sondern auch den falschen Mann ausgesucht habe, denn eines könne sie jetzt schon wissen – das Haus gehöre der Familie Prinz, darin stecke ein großer Teil des Vermögens von Dina, daher gehöre es vor allem Ingrid. Muck bekomme alles, was an Aktien und sonstigem Vermögen da sei, sie, Brunhilde, bekomme höchstens Wohnrecht, und das auch nur, wenn Ingrid damit einverstanden sei. Er bedauere nichts so sehr wie seine zweite Heirat. Ein so neidisches, übellauniges Weib wie Brunhilde habe der Teufel gesehen.

Herr Prinz war offensichtlich hellsichtig gewesen. An einem Montag, frühsommerlich schön, machte Herr Prinz seinen abendlichen Gang um den Kanal, er freute sich seufzend an den Enten und Schwänen, die sorglos ihr Dasein durchschwammen. Er selber mußte immer sein früher so geliebtes Haus verlassen, wollte er seiner Frau entkommen. Herr Prinz hatte sie viel zu lange krakeelen lassen, immerhin gab es Ingrid und Muck, doch inzwischen glaubte er sicher zu sein, sie würden ihrer Mutter nicht nachweinen. Gleich morgen wollte er zu seinem Freund und Anwalt gehen, sein Testament machen und sich über eine mögliche Scheidung beraten lassen. Zwölf Jahre lang hatte Herr Prinz Frau Prinz an seiner Seite, heute war er sich sicher, daß es zwölf Jahre zuviel gewesen waren.

Am Mittwoch änderte sich das Wetter, schon in der Nacht zum Donnerstag hörte man starken Regen gegen die Dachrinne trommeln, der Wind fegte bedrohlich ums Haus. Trotzdem verschlief Frau Prinz, deren erklärte Aufgabe es seit Jahren war, Mann und Kinder zu wekken, die sich eines gesunden Schlafs erfreuten, während Frau Prinz darüber lamentierte, daß sie eigentlich niemals schlief und froh war, wenn sie am Morgen aufstehen durfte. Doch an diesem Donnerstag hörte sie weder Regen noch Wind, die gesamte Familie Prinz schlief fest bis ungefähr acht, als Herr Prinz aus dem Bett hochschreckte. Begleitet vom tosenden Redeschwall seiner

Frau, die sich nicht zu lassen wußte, schwor, daß sie noch um halb sieben hellwach gewesen war, sprang Herr Prinz in seinen Anzug, denn ihm ging Pünktlichkeit über alles, er rannte als erster die Treppe hinunter, glitt auf der zweiten Stufe aus und erwachte nach 24 Stunden in einem Bett des Schwabinger Krankenhauses aus dem Koma. Er schwor mit schwacher Stimme, daß die zweitoberste Stufe der Treppe regelrecht glitschig gewesen sei. Brunhilde Prinz zitierte sofort die Putzfrau an sein Bett. Frau Koch, die mittwochs und freitags im Hause Prinz putzte, geriet in Panik, zitterte und beteuerte, sie habe die Treppe gewachst wie immer, wie schon bei der ersten Frau Prinz. Noch nie sei etwas passiert.

Brunhilde Prinz tröstete die Frau. Sie habe sicher nicht bewußt vergessen, die Schmierseife von der zweiten Stufe zu entfernen, sie sei ja nicht mehr die Jüngste, so etwas könne doch jedem mal passieren. Fast irre vor Angst und Empörung rannte die Zugeherin aus dem Krankenzimmer, sie schaffte es noch in den ersten Stock, bekam kurz vor der Notaufnahme eine Herzattacke, die sie nur dank der sofortigen ärztlichen Hilfe überstand.

Herr Prinz erlag noch im Krankenhaus einer Gehirnembolie, und als die Todesanzeige in der Zeitung stand, meldete sich sein Freund, der Anwalt, der ein fast noch druckfrisches Testament präsentierte, datiert einen Tag vor dem Treppensturz. Erben des Hauses Max-Ernst-Straße und des sonstigen Vermögens seien allein die Kinder des Erblassers. Frau Brunhilde Prinz habe lediglich Wohnrecht und ein Taschengeld auf Lebenszeit.

Am Morgen der Beerdigung holte Frau Prinz drei

Sträuße rote Rosen aus der Gärtnerei. Sie drückte je einen Strauß Ingrid und Muck in die Hände.

»Hier. Die Rosen waren sehr teuer. Und morgen sind sie welk. Eigentlich eine Verschwendung, die ich mir nicht leisten kann. Aber für diesen Anlaß mache ich eine Ausnahme.«

Ingrid sah Muck an, Muck sah Ingrid an. Muck sagte zu Ingrid: »Sie soll sich ihre Rosen in die Haare schmieren.«

Ingrid sagte zu Muck: »Ich wollte, sie läge statt Papa in der Grube. Aber was nicht ist, kann ja noch werden.«

4

Kemper sah Ingrid Prinz-Papke an. Sie schwieg, erschöpft, aber sonst äußerlich unbewegt. Ihr dünnes, braunes Haar klebte verschwitzt an ihrem Kopf. Es schien Kemper, als lausche sie auf etwas, und im selben Moment hörte Kemper auch das Weinen eines Säuglings. Zum erstenmal lächelte Ingrid Prinz-Papke, zwar etwas mühsam und verkrampft, aber sie lächelte. »Das Hausmeister-Ehepaar. Genau über uns. Sie haben ein Baby.«

Sofort fiel Kemper die alte Frau mit dem Kinderwagen ein, vielleicht war sie die Großmutter, ihm konnte das gleichgültig sein, er räusperte sich kurz, er holte aus seiner Brieftasche eine Zeitungsnotiz, die vor drei Jahren in Paris im ›Figaro‹ erschienen war. Er gab sie Ingrid Prinz-Papke, sie las, Kemper konnte nicht erkennen, ob sie den Artikel kannte, doch ihre Hand, die das Blatt hielt, schien leicht zu zittern.

Paris. Der deutsche Student Nepomuk P. aus München erhängte sich letzte Nacht in einer Zelle des Untersuchungsgefängnisses de la Santé Standard. Wie wir dem Polizeibericht entnommen haben, war der junge Mann inhaftiert worden, weil er mit seinem Auto in einer engen Parklücke derart rabiat vor- und zurückgestoßen war, daß an den drei Autos Totalschaden entstand. Passanten riefen die Polizei. Als die Beamten den Tobenden aus dem Auto holen wollten, bedrohte der Deutsche die Polizisten, die ihn daraufhin abführten.

Ingrid Prinz-Papke gab dem Kommissar wortlos das Papier zurück. Sie sah starr an ihm vorbei durchs Fenster, sie schien die gegenüberliegende große Baustelle zu fixieren. Sie hatte Kemper offensichtlich vergessen, doch er dachte nicht daran, sich dadurch einschüchtern zu lassen, daß sie ihn wie Luft behandelte. Sein Höflichkeitsreservoir geriet langsam in den niedrigen Bereich. Diese Prinz-Papke, deren Häßlichkeit ihn lähmte und zugleich gegen sie aufbrachte, hatte es doch faustdick hinter den Ohren. Sie sollte endlich mal ihr Karpfenmaul aufmachen. Kempers Ton klang jetzt drohend.

»Was war los in Paris, Frau Prinz-Papke? Warum hat ihr Bruder sich erhängt?«

»Das hing mit den Moldens zusammen, die damals in das Nachbarhaus Nr. 77 gezogen sind.«

»Was hatten denn die Moldens mit Ihrem Bruder zu tun? Der ging doch nach Paris?«

Zum erstenmal glitzerten die Augen Ingrid Prinz-Papkes wütend und kalt. Ihr Gesicht verzerrte sich, bekam etwas Verschlagenes, Heimtückisches, nur sekundenlang, aber so wüst, daß Kemper fast erschrak. Selten hatte er soviel Haß in einem Gesicht gesehen wie in dem der Prinz-Papke, als sie sagte: »Die Moldens sind an allem schuld.«

Ingrid Prinz-Papke holte tief Luft. Sie goß ihren Haß auf die Moldens vor Kemper aus wie einen überquellenden Mülleimer. Pack seien die Moldens, richtiges Pack. Er, ein Heilpraktiker, »man weiß ja, was mit denen los ist, Scharlatane, Mörder. Genau der Richtige für die Molden, die sich Sozialpädagogin schimpft, daß ich nicht lache, sie ist eine richtige kleine Schlampe, ihre Kinder sind saufrech und verwahrlost, das kennt man ja, Lehrers Kinder und Pfarrers Vieh ...«

Kemper konnte nicht anders, er mußte diese Suada unterbrechen. »Sie wollten über Ihren Bruder berichten –«

Die Prinz-Papke sah ihn unwillig an. Kemper fiel auf, daß ihre Augenränder stark gerötet waren. Vielleicht schlief sie schlecht – egal –, Kemper konzentrierte sich wieder auf die Anschuldigungen gegen die Moldens, die aus der sonst sehr schwerfällig wirkenden Prinz-Papke ungehemmt herausbrachen. »Die Moldens hatten ein Au-pair-Mädchen, als die Kinder noch kleiner waren. Eine Putzfrau natürlich auch, dreimal die Woche ganztags, die Molden rührt ja selber keinen Finger. Wenn sie nicht schläft, rennt sie im Schlafanzug im Garten herum. Meinen Sie, die würde mal ein Unkraut rausreißen, Rasen mähen? Die beschäftigt einen Gärtner, stellen Sie sich das mal vor, und was für einen häßlichen Vorgarten die haben, und das für soviel Geld. Alles von vertrauensseligen kranken Leuten ergaunert ...«

Kemper unterbrach sie ungeduldig. »Das haben Sie ja in zwei Briefen der gesamten Nachbarschaft und dem Verband der Heilpraktiker mitgeteilt. Ihre Stiefmutter hat nachweislich aus dem Moldenschen Vorgarten einen Bonsai gestohlen. Finden Sie, daß das zu einer guten Nachbarschaft beiträgt?«

Die Prinz-Papke hielt für einen Moment den Atem an. Ihr Gesichtsausdruck bekam wieder etwas Verschlagenes, Gewöhnliches.

»Woher wissen Sie das alles?« entfuhr es ihr.

Kemper wurde immer mißmutiger. Anstatt gemütlich beim Japaner zu essen, saß er immer noch hier mit dieser Frusthenne und mußte sich mit ihren Neurosen auseinandersetzen. Sein anfängliches Mitgefühl für das gekränkte Kind in ihr war rasch verflogen. Die Papke war anscheinend genauso mißgünstig anderen gegenüber, wie ihre Stiefmutter es gewesen war. Die Moldens konnten einem eigentlich leid tun. Er erlebte das öfter in seinem Beruf, daß völlig unbeteiligte Leute von Nachbarn in deren Familienprobleme hineingezogen wurden.

Kemper setzte sich auf, sah auf seine Uhr. »Meine Ermittlungen haben eigentlich nur Positives über die Familie Molden ergeben.«

»Und daß die nächtelang in der Disco rumhängen, daß der Molden einen Porsche fährt, obwohl er Schauspieler war und lange Zeit keine Angebote mehr bekam. Wer hat dem wohl die Heilpraktikerausbildung bezahlt? Doch nur der Staat, also wir. Und jetzt zieht er den kranken Leuten das Geld aus der Tasche.«

Kemper entgegnete kühl, daß es ihn nicht interessiere. Die Moldens hätten eine reine Weste, nach allem, was er bisher ermittelt habe. Leider lasse sich das von Familie Prinz nicht sagen. »Da gibt es so einiges Unklare, höflich ausgedrückt, Frau Prinz-Papke, und bald werde ich mehr wissen. Aber jetzt kommen Sie mal auf den Punkt. Was hatte Ihr Bruder mit der Familie Molden zu tun?«

Ingrid Prinz-Papke erklärte schnippisch, daß sie die ganze Zeit nichts anderes mache, als ihm das zu erklären. »Die Moldens hatten ein Au-pair-Mädchen, eine Französin, was sonst. Das war genauso eine Schlampe wie die Molden. Sie hat meinen Bruder angebaggert, und er ist auf sie reingefallen. Der war nur noch bei den Moldens drüben, Tag und Nacht war er mit dieser Chantal zusammen. Mein Bruder hatte vorher nie eine Freundin, alles haben wir gemeinsam gemacht, er und ich, Kino, Theater, Tennis –«

»Ja, Moment«, unterbrach Kemper sie angewidert, »sollte er denn sein Leben lang mit Ihnen leben? Sie waren doch seine Schwester –«

Die Prinz-Papke fuhr auf Kemper los, als habe er sie geohrfeigt. »Ich hätte nichts gegen eine Freundin gehabt, gar nichts, aber es sollte doch nicht ausgerechnet eine Französin sein. Wer weiß denn, woher sie kommt, die rannte auch jede Nacht in die Disco, trug Röcke, o Gott, und die höchsten Hacken. Zum erstenmal habe ich Muck nicht verstanden, aber er hat sich einen Dreck um mich gekümmert. Er wollte nur Chantal, er war völlig verrückt nach ihr. Meine Mutter hat gesagt, daß die Moldens sich diese Chantal eigens engagiert hätten, um uns Nepomuk wegzunehmen.«

»Kann es sein«, fragte Kemper, »kann es sein, daß Ihre Mutter krank war, ich meine psychisch –«

Ingrid Prinz-Papke schwieg, und Kemper gratulierte sich, daß er es geschafft hatte, sie auch nur eine Sekunde zum Schweigen zu bringen.

Kemper spürte, daß er hungrig war, doch er mußte weiterfragen, die Tiraden der Prinz-Papke bis zum Ende anhören, solange sie noch in Schwung war.

»Weiter – was war in Paris? Wieso starb Ihr Bruder in Paris im Gefängnis?«

Ingrid Prinz-Papke sah für einen Moment Kemper starr an. Dann sagte sie leise, daß Nepomuk, der Jura studierte, in Paris eine Stelle als Referendar angetreten hatte. »Er wußte, daß Chantal wieder nach Paris zurückkehren würde, er wollte mit ihr dort leben. Mutter hatte in seinem Zimmer ein Schreiben der Dresdner Bank gefunden, aus dem hervorging, daß Nepomuk eine Wohnung in Paris gekauft habe. Mutter ist nach Paris geflogen, sie hat Muck in der Kanzlei nicht angetroffen, man hat ihr gesagt, daß er auf der Baustelle sei. Die Mutter ist dorthin gefahren, und tatsächlich – Nepomuk und Chantal haben mit dem Architekten eine Wohnung besichtigt, richtig wie ein junges Ehepaar. Mutter muß wohl Chantal beschimpft haben, Nepomuk war so überrascht und wütend, daß er ohne Chantals Eingreifen seine Mutter aus einer Terrassentür hinuntergestürzt hätte. Chantal war über die Szene dann so entsetzt, daß sie davongelaufen ist. Sie hat gerufen, mit so einer schrecklichen Haßfamilie wolle sie nichts zu tun haben.«

Ingrid Prinz-Papke sprang auf, sie lief wie eine Gefangene durch den kleinen Raum, Kemper ließ sie gewähren. Sein Magen knurrte, er dachte hungrig an eine heiße Miso-Suppe, einen Teller Sushi. Trotzdem ließ er die Prinz-Papke nicht entkommen, er spürte, er mußte sie reden lassen, bevor sie sich wieder gefangen hatte und sich einigelte. So wie damals, beim Tod ihres Vaters, als seine Kollegen aus ihr, dem Bruder und der Stiefmutter nichts herausgekriegt hatten. Die drei bestanden darauf, daß mit der Treppe alles wie immer gewesen sei. Die Kollegen hatten auch keinerlei Spuren gefunden, die etwas anderes ausgesagt hätten. Sie waren schließlich von einem Unfall ausgegangen.

»Nun weiß ich aber immer noch nicht, warum Ihr

Bruder sich umgebracht hat.« Kemper sah die Prinz-Papke lauernd an. Wenn es um ihren Bruder ging, zeigte sie eine Spur von Gefühl, vielleicht widerwillig, aber immerhin. Sie fuhr sich durch das verklebte, dünne Haar, sagte müde, daß Chantal offenbar fest geglaubt habe, daß Nepomuk seine Mutter umbringen wollte. Nepomuk sei ihr hinterhergelaufen, da habe sie aber gerufen, er solle ihr aus den Augen gehen, für immer, sie sei in ein Taxi eingestiegen, und dann sei Nepomuk weggerannt. »Wir können nur vermuten, daß er ihr mit seinem Auto hinterherfahren wollte, daß er durchgedreht ist, als er sich hoffnungslos zugeparkt fand. Den Rest wissen Sie ja.«

Kemper stand auf. Für heute reichte es ihm. Er sagte Ingrid Prinz-Papke, daß sie selbstverständlich in München bleiben müsse in der nächsten Zeit, »bis der Tod Ihrer Stiefmutter geklärt ist«.

Sofort fuhr sie wieder auf ihn los.

»Die Moldens –«, worauf Kemper sie unterbrach, sie fragte, ob ihr Haß auf die Nachbarn nicht auch etwas Krankhaftes habe. Wie bei ihrer toten Stiefmutter.

Darauf sah die Prinz-Papke ihn mit einem ihrer verschlagenen Blicke an: »Denken Sie, was Sie wollen.«

»Das sowieso«, sagte Kemper. »Wo finde ich eigentlich Ihren Mann? Er meldet sich nicht unter Ihrer Nummer, und an seinem Arbeitsplatz hat man ihn auch schon eine Weile nicht mehr gesehen. Können Sie mir vielleicht sagen, wo er ist?«

Hatte Kemper richtig gesehen? War die Prinz-Papke rot geworden? Das Licht im Büro war von einem derart bläulichen Neon, daß Kemper die Gesichtsfarbe Ingrid Papkes, die wohl eher rotbackig als blaß war, nicht wirklich bestimmen konnte. Sie warf jetzt den Kopf in den Nacken, eine Geste, die auf Kemper ziemlich lächerlich wirkte. »Kümmern Sie sich doch selber darum. Sie wissen doch ohnehin alles besser.«

»Kann es sein«, fragte Kemper brutal, »kann es sein, daß Sie keine Ahnung haben, wo Ihr Mann sich aufhält? Daß Ihre Ehe genauso tot ist wie Ihre Stiefmutter?«

Sie wandte sich ab, und Kemper ging, sein Kopf war schwer wie nach einer alkoholisierten Nacht. Er durchquerte die Rezeption, ließ die Tür hinter sich ins Schloß fallen. Die Kühle im Treppenhaus tat ihm gut, er wollte schon die Treppen hinunterlaufen, da besann er sich anders. Er ging noch eine Treppe höher, zu der Wohnungstür, die über der Steuerkanzlei lag. Das Weinen des Säuglings war verstummt. Kemper las an der Wohnungstür: »Emilie Koch«. Drei Stockwerke tiefer, am Eingang, las er dann auf der untersten Klingel: »Barisic, Hausmeister«. Warum hatte Ingrid Papke ihn angelogen?

5

Ingrid Prinz-Papke sah durchs Fenster Kemper hinterher, sah, wie er in seinen Wagen einstieg und wegfuhr. Sofort raffte sie ihre Tasche, die Autoschlüssel und rannte aus dem Büro, einen Stock höher. Sie schloß die Tür auf, umarmte flüchtig die alte Frau, die in der Küchentür erschien, und lief in ein kleines Zimmer, in dem ein Wäschekorb stand, aus Weide geflochten. Darin lag ein Säugling, vielleicht acht Monate alt, er hatte seine Fäustchen geballt neben seinem Kopf liegen und schlief.

Die alte Frau kam herein. Sie hatte weiße, flusige Haare, ein gütiges Gesicht, in das tiefe Falten gegraben waren, ihre Hände sahen verarbeitet aus, waren knotig. Sie blieb hinter Ingrid stehen, sah zu, wie sie behutsam die Decke zurechtzupfte, die das Baby weggestrampelt hatte. »Alle im Haus fragen mich, wieso ich den Kleinen so lange bei mir habe. Langsam bekomme ich Angst, Ingrid. Wenn nicht die Entführung gewesen wäre, machten sich die Leute sicher keine Gedanken, aber so –«

Ingrid richtete sich auf, sah die Alte so liebevoll bittend an, daß ihr Gesicht plötzlich weich aussah. »Die Leute machen sich bestimmt keine Gedanken, nur du machst sie dir, Millie, ich verstehe es ja, die Entführung, das kann einen schon irritieren, wenn so was auf einen Tag fällt. Ich konnte es mir nicht aussuchen, meine

Freundin brauchte den Urlaub, ihre Mutter hat sich den Knöchel gebrochen, es war ja verabredet, daß sie den Niki nimmt. Meine Freundin war völlig fertig, sie konnte auch nicht mehr zurücktreten von der Reise, dann hätte sie ziemlich viel Geld verloren. Es wäre schlimm für sie gewesen, wenn ich den Kleinen nicht genommen hätte.«

Die alte Frau, es war Emilie Koch, die frühere Zugeherin der Familie Prinz, sah Ingrid zweifelnd an. Sie war bereit, alles für die Tochter der ersten Frau Prinz zu tun, ihrer langjährigen, liebenswürdigen Arbeitgeberin. Sie hatte die kleine Ingrid aufwachsen sehen, geliebt und verwöhnt von der Mutter, und sie hatte miterleben müssen, wie kalt die Stiefmutter das Kind behandelte, wie ein Möbelstück, das man übernehmen mußte, weil es zum festen Inventar gehörte. Und wenn sie schon mal mit dem Kind gesprochen hatte, dann war es Gift für die Kleine. Ihren eigenen Ärger, ihren Lebensfrust, ihren ständig wachen Neid auf Gott und die Welt hatte die zweite Frau Prinz auf der kleinen Ingrid abgeladen. Aus dem früher offenen, gutherzigen kleinen Mädchen war ein verdruckstes, mißtrauisches Kind geworden, das im Laufe der Zeit die Sicht der Stiefmutter übernahm. Als dann der Bub gekommen war, der Nepomuk, war es für eine Weile bessergegangen. Die Geschwister fanden Halt aneinander, die Prinz hatte nicht mehr so großen Einfluß auf Ingrid. Dann war auch der Bub tot, mein Gott, die Ingrid hatte geheiratet, aber der Schwiegersohn verstand sich gar nicht mit der alten Prinz, mit der Ingrid wohl auch nicht. Es hieß, er hätte sie gar nicht geheiratet, wenn nicht ein Kind unterwegs gewesen wäre. Die Schwangerschaft ging schief, der Schwiegersohn zog sich immer mehr zurück, Ingrid geriet wieder völlig unter die Fuchtel der Alten, wurde genauso frustriert und übellaunig wie die Stiefmutter.

Emilie Koch wußte das alles, trotzdem hing sie an Ingrid, sie war das einzige, was ihr geblieben war von einem langen Arbeitsleben. Seit ihren jungen Jahren war Emilie bei den Prinzens im Dienst. Bei den Eltern Prinz, dann beim Sohn und seiner Frau Dina, die von Emilie fast vergöttert wurde, so liebenswürdig war sie gewesen. Als dann die zweite Frau Prinz ins Haus gekommen war, hatte das Emilie Koch erschüttert. Wie hatte Herr Prinz sich nur derart vergreifen können? Widerwärtig, hochfahrend war diese neue Frau Prinz, Emilie fand beim besten Willen kein gutes Haar an ihr. Kein einziges. Am meisten hatte sich Emilie an dem Pfeifen gestört. Emilie hatte sich oftmals gefragt, warum die Nachbarn so langmütig blieben. Nun ja, jeder wollte Streit aus dem Weg gehen, jeder wußte, daß Frau Prinz II unausstehlich war. Anfangs hatte sie auch Emilie angegriffen, doch da wurde sie von Herrn Prinz so zusammengestaucht, daß sie Emilie in Ruhe ließ. Vor Zeugen befleißigte sie sich sogar einiger Freundlichkeit. Das war Emilie noch unangenehmer als ihre offene Aggression. Wegen des wirklich rechtschaffenen Herrn Prinz und wegen der Kinder war Emilie geblieben, bis dann das mit der Treppe kam ...

Heute noch, nach all den Jahren, zog sich Emilies Brust zusammen, traf sie ein Stich in die Herzgegend, sie durfte nicht daran denken. Muck und Ingrid hatten sich bei ihr für die Mutter entschuldigt, ihr Blumen gebracht,

Konfekt, hatten sie immer wieder besucht. Sie glaubten nicht, daß Emilie zuviel Wachs oder Schmierseife auf die Treppe getan hatte, glaubten, daß der Vater wirklich unglücklich ausgerutscht war. Emilie jedoch machte sich so ihre Gedanken. Warum hatte die Prinz II gerade an dem Tag verschlafen? Wer hatte Schmierseife auf die zweite Treppenstufe getan? Emilie nicht, soviel war sicher. Die Prinz II hätte Gelegenheit gehabt, Seife auf die Treppe zu schmieren, und Gelegenheit, wieder alles in Ordnung zu bringen. Diese Gedanken verließen Emilie nicht, aber um der Kinder willen hatte sie alles für sich behalten. Schließlich hätte sie Beweise gebraucht. Doch ab heute war das alles Schnee von gestern. Frau Prinz II pfiff nicht mehr.

Emilie schaute Ingrid aufmerksam an. Sie konnte keine Veränderung in ihrem Gesicht sehen, keine verweinten Augen, keine Erschütterung. Ob Ingrid überhaupt schon wußte, daß die Stiefmutter tot war? Emilie hatte Frau Prinz II gesehen, als sie tot im Vorgarten lag, zunächst wollte sie ihren Augen nicht trauen, aber es war die Realität gewesen, alle Nachbarn hatten die Prinz erkannt. Welch ein Zufall, daß Emilie heute auf ihrem Gang in die Max-Ernst-Straße gerade zu diesem erhebenden Anblick zurechtgekommen war. Es trieb Emilie ständig zum Haus Nummer 75, seit dem Tod des Herrn Prinz. Alle paar Tage ging sie den Gehsteig auf und ab, sie wartete, bis die Prinz II aus dem Haus kam, dann stellte sie sich neben das Gartentor, sah der Prinz II in die Augen. Die wandte sich immer ab, rasch, ohne Emilie anzusehen. Aber sie wagte es niemals, Emilie vom Tor zu weisen.

Heute hatte es die Prinz II getroffen. Endlich. Emilie empfand Grauen und Freude zugleich. Jawohl, Grauen und Freude, aber vor allem Freude. Und das Grauen würde bald weichen, der Anblick der häßlichen Toten verblassen, und Emilie konnte unbelastet ihr letztes Restchen Leben genießen. Mein Gott, es gab doch noch Gerechtigkeit.

Aber das mit Ingrid und dem Kind – das gefiel Emilie nicht. Und die Entführung des Aussiedlerkindes ging ihr auch nicht aus dem Kopf. Im Grunde wußte Emilie, daß Ingrids Geschichte von der verreisten Freundin erlogen war. Emilie war aufs höchste beunruhigt.

»Hat deine Freundin keine Großeltern, keine Geschwister, die den Kleinen nehmen könnten?« Emilie hatte Zweifel daran, daß Ingrid so unersetzbar sein sollte für diese Freundin, von der sie früher nie etwas erzählt hatte.

Mit jedem Tag mehr, und Emilie hatte den kleinen Niki knapp eine Woche in der Wohnung, mit jedem Tag mehr geriet Emilie in Gewissensnöte. Sie war schon so nervös, daß sie ständig das Telefon klingeln hörte, hinrannte, obwohl niemand anrief. Ihr Verdacht verstärkte sich, wurde bald zur Gewißheit. Eigentlich hätte sie Ingrid gar nicht mehr fragen müssen. Sie wußte ohnehin, daß Niki das Kind der Aussiedlerfamilie war, das man vor einem kleinen Gemischtwarenladen in Nymphenburg aus seinem Kinderwagen entführt hatte, Emilie verfolgte den Fall jeden Tag in der Zeitung. Die Eltern, Aussiedler aus Kasachstan, hatten in dem Viertel eine Sozialarbeiterin aufgesucht, Emilie wußte, es handelte sich um Frau Molden, die Nachbarin der Prinz.

Die Aussiedler waren nach einer knappen Stunde zu dem Gemischtwarenladen gegangen, um etwas zum Essen einzukaufen. Die fünf älteren Kinder der Familie blieben gemeinsam mit den Molden-Kindern im Garten. Im Hegemannschen Laden war es zu eng für den Kinderwagen, außerdem war der Kleine gerade eingeschlafen gewesen. Wegen der hochgebauten Regale hatte man auch keine Sicht ins Freie, so daß die Entführung zunächst unbemerkt geblieben war.

Emilie kannte schließlich Nymphenburg nur zu gut. Und sie kannte auch den Gemischtwarenladen, der einer ebenso fülligen wie warmherzigen Frau gehörte, Frau Hegemann, die außer einem überraschend gut sortierten Angebot für ihre Kunden Herzlichkeit und Anteilnahme bereit hatte. Schließlich hatte Emilie oft genug bei ihr eingekauft, man hatte Kochrezepte ausgetauscht, und Emilie hatte nach Thomas gefragt, dem einzigen Sohn Frau Hegemanns, die finanziell ungünstig von einem Schwaben geschieden war, den sie einen vertriebenen Schotten nannte. Frau Hegemann fragte Emilie jedesmal, wie es Ingrid ergehe, von der sie wußte, daß sie Emilies heimlicher Lebensinhalt war. Wir Mütter, hatte Frau Hegemann oft gesagt, und Emilie wußte, was sie damit meinte, und es hatte ihr gutgetan.

Mit Frau Hegemann hatte Emilie auch manchmal über die Moldens gesprochen, eine Familie, die noch nicht lange in der Max-Ernst-Straße lebte. Im Gegensatz zu Ingrid Prinz, die ihre neuen Nachbarn nicht ausstehen konnte, hatte Frau Hegemann nur gute Erfahrungen mit ihnen gemacht. »Die Moldens, eine süße Familie. Die

Zwillinge, so nette Kinder, höflich, sie klauen nur ganz selten, und auch nur was Kleines, denen kann man ja nicht böse sein.«

Von Frau Hegemann hatte Emilie erst gestern erfahren, daß die Aussiedler bei Frau Molden gewesen seien. »Frau Molden hat für die Familie irgendeinen Streit ausgefochten, ein Supermarkt, bei dem die Aussiedlerfrau gearbeitet hat, wollte ihr kein Geld auszahlen oder so was, da haben sich die Leute an die Frau Molden gewandt, weil sie Sozialarbeiterin ist und sich um solche Fälle kümmert. Und nach den Moldens sind sie dann zu mir gekommen, die Aussiedler«, hatte Frau Hegemann fast schuldbewußt gesagt. »Wenn ich nur geahnt hätte, was hier neuerdings für Menschen herumlaufen, dann hätte ich persönlich den Kinderwagen hereingeholt. Viele Mütter lassen den Wagen draußen stehen, wenn die Kinder schlafen, aber von heute an nicht mehr!«

Seitdem arbeitete es in Emilies Gehirn. Wenn Ingrid gesehen hatte, daß die Aussiedler bei Moldens waren, wenn sie dabei auf die Idee gekommen wäre, ein Kind zu entführen, weil ihr eigenes tot war, wenn Ingrid die paar Schritte zum Lebensmittelladen gegangen wäre, wenn sie das Baby aus dem Kinderwagen gehoben, unter ihrem Mantel versteckt und ruhigen Schritts mit heimgenommen hätte? Wenn die Prinz II das Kind gesehen hatte, bevor Ingrid es zu Emilie brachte, wenn die Prinz II, die natürlich ebenso wie alle Leute in Nymphenburg von der Entführung gewußt hatte, Ingrid gedroht hatte? Vielleicht hatte sogar Ingrid ihre Stiefmutter ...

Dieser Verdacht schlug so schmerzhaft heftig ein in Emilies Bewußtsein, daß sie sich setzen mußte. Sie schaute Ingrid entsetzt an, schlug hilflos die Hände vor den Mund.

»Ingrid, um Gottes willen, du hast doch nicht –«

Ingrids Gesicht bekam wieder den tückischen, verschlagenen Ausdruck, den Emilie an ihr kannte, seit sie als Kind ihren Platz neben der dominanten Stiefmutter verteidigen mußte.

»Millie, ich tu doch nur was Gutes. Die Aussiedler haben noch fünf weitere Kinder, insgesamt sechs! Kannst du dir das mal vorstellen! Die hatten wohl keine Pille in Kasachstan. Die Frau arbeitet nachmittags im Supermarkt, da müssen die Großen auf die Kleinen aufpassen. Wie es da zugeht, das ist ja wohl klar. Was für eine Zukunft hat so ein Aussiedlerkind? Die Eltern werden nie genug für alle verdienen. Die können ja kaum Deutsch. Deshalb waren die ja auch bei der Molden, damit die für sie Briefe schreibt. Solche Leute kommen doch nie zu was. Bei mir hat der Kleine alles, ich habe das Geld von Muck geerbt, ich habe das Haus, ich muß keine Stunde arbeiten, solange er klein ist, Millie, der Junge wird mir später bestimmt dankbar sein! Und dir auch, Millie. Du ziehst wieder zu mir ins Haus, ja, Millie, so machen wir das! Dann wird wieder alles, wie es früher war, als wir Muck noch hatten! Bitte, Millie!«

Emilie Koch sah Ingrid an, als sähe sie ein Gespenst. Mit zitternder Stimme sagte sie, das mit der Entführung wisse sie ja jetzt, aber viel schlimmer sei, daß Ingrid ihre Mutter ...

Ingrid Papke war zuerst verblüfft, dann bestürzt, doch sie faßte sich schnell.

Sie sagte rauh: »Ich – ich hätte die Mutter umgebracht? Glaubst du das wirklich, Millie? Nur du weißt, wie sehr ich das gewollt hätte, zuerst nach Papas Tod, dann nach dem Tod von Muck – aber ich hab es nicht geschafft. Hörst du, Millie, ich hab es nicht getan – und mit Niki, da mußt du mir helfen! Bitte, Millie, ich hab doch nur dich.«

Ingrid Papke stürzte auf Emilie Koch zu, nahm sie in die Arme, vergrub ihren Kopf an der Schulter der alten Frau, die immer nur stumm den Kopf schüttelte.

6

Kommissar Kemper und sein Kollege Strobl beeilten sich, zum »Fraunhofer« zu kommen. Es war noch früher Morgen, der brüllende Verkehr in den Straßen hatte sich ein wenig beruhigt, die Berufstätigen saßen in ihren Büros oder bedienten in den Kaufhäusern die Kunden. Seit dem Wochenende lag Schnee, er hielt sich sogar als weißgrauer Matsch in den Straßen, denn die Temperaturen waren für Münchner Verhältnisse niedrig. Die ungewohnte Kälte trieb den Männern Tränen in die Augen. Kemper hatte noch nicht gefrühstückt, er brauchte dringend einen Kaffee, hatte aber keinen mehr daheim gehabt. Strobl, der in der Kindesentführung keinen Schritt weiterkam, der inzwischen fest davon überzeugt war, daß das Aussiedlerkind tot war, tot seit dem Tag, an dem es verschwunden war – Strobl war frustriert, mißmutig. Das Kind war ermordet und vergraben worden, seit die Täter erfahren hatten, daß von den Aussiedlern kein Geld zu holen war, davon war er überzeugt. Es gab zwar keine konkreten Spuren, aber alle Erfahrung sprach dafür. Strobl haßte aussichtslose Recherchen und begleitete deswegen lieber Kemper, war dabei aber denkbar schlechtester Laune, er fror in dieser verdammten Kälte, sagte mürrisch zu Kemper: »Hättest net noch weiter weg parken können.«

»Mann, ich kann aber auch nicht den Gehsteig rücksichtslos zuparken.«

»Weiß schon.« Strobl zog hörbar die Nase hoch. »Du bist ein Vorbild, in jeder Hinsicht.«

»Sei doch froh«, sagte Kemper gut gelaunt, »du kannst zu mir aufschaun, dir ein Beispiel nehmen.«

»Sag mir lieber, was du von dem Papke willst, meinst du, der hat seine Schwiegermutter umgebracht?«

»Ausgeschlossen ist das nicht. Tatmotive hätte er genug, wie wir inzwischen wissen. Nach der Motivstatistik von Roesner gehört häuslicher Zwist zu den sieben Hauptgruppen der Mordmotive.«

»Fängst du schon wieder an! – Jessas, wenn die sich alle umbrächten, die daheim an Zoff ham, da hätten wir ja in jedem zweiten Haus einen Mörder.«

»Du darfst das nicht unterschätzen, Strobl, aus häuslichen Streitigkeiten, wenn ein Familienmitglied so widerwärtig ist, wie die Prinz es gewesen sein muß, dann kann aus Zwistigkeiten durchaus ein Hauptmotiv werden. Mord aus Haß, dessen Entstehung immer sehr komplexer Natur ist. Außerdem – ich kenne den Papke. Er hat damals bei uns angerufen, als die junge Frau im Nymphenburger Kanal ertrunken ist – erinnerst du dich? Er hat sie angeblich zufällig dort getroffen, als er aus einer Kneipe kam, sie war dabei gewesen, sich auszuziehen, sie hat ihm gesagt, er solle doch mitkommen zum Schwimmen, er hat ihr angeblich geraten, sie solle lieber heimgehen, doch sie hat nicht auf ihn gehört, und da ist er nach Hause gegangen.«

»Warum hat der Depp denn nicht sofort die Polizei gerufen?« wollte Strobl wissen, und Kemper sagte, das habe er ihn damals auch gefragt, aber Papke habe keinen Grund gesehen, die Frau vom Schwimmen abzuhalten, der Kanal sei ja nicht gefährlich.

»Und daß die Frau einen Mordsrausch gehabt hat, des hat der wohl auch nicht gespannt?«

»Nach seiner Aussage nicht. Mir war auch nicht ganz wohl bei der Geschichte, aber es gab bei der Toten keine Hinweise auf Gewaltanwendung. Aber irgend etwas stimmt nicht mit dem Papke. Das spüre ich.«

Sie waren jetzt beim »Fraunhofer« angelangt, wo Kemper erst einmal in die Wirtschaft ging und einen Kaffee verlangte. Strobl bestellte schließlich auch einen. Sehnsüchtig sah er durch die reichverzierte alte Kredenz in die Küche, wo mächtige Töpfe auf dem Herd dampften. Auch Kemper spürte, daß er hungrig war, früher hatten sie hier Ente gehabt, schön rosa innen, und das Blaukraut – Kemper durfte gar nicht daran denken. Doch der Geruch aus der Küche machte ihm die Zeit wieder lebendig, als er oft im »Fraunhofer« zum Essen gewesen war.

»Ich glaube, seit Ende der Siebziger war ich hier nicht mehr.«

Kemper öffnete seinen Mantel, setzte sich mit seinem Kaffee an den runden Holztisch am Eingang. Hier hatte er oft mit Vivian gesessen. Er wußte, daß er in sie verliebt gewesen war, aber in diesem Verliebtsein war schon die Gewißheit der baldigen Trennung. Trotzdem war er häufig mit Vivian zusammengewesen, die als Kinderärztin in einer homöopathischen Praxis mitarbeitete und in der Fraunhoferstraße eine Zweizimmerwohnung mit Klo auf dem Gang bewohnte. Sie hatte ein strahlendes Lächeln gehabt, sehr schöne Zähne, richtig aufgeleuchtet war ihr Gesicht, wenn sie Kemper ansah. Natürlich nur in bestimmten Situationen. Sie war die einzige Frau, bei der Kemper es schön gefunden hatte, morgens durch Streicheln geweckt zu werden. Vivian kam aus reichem

Düsseldorfer Elternhaus, war aber von einem seltsamen Geiz befangen, der Kemper immer irritiert hatte. Einmal hatte er ihr beim Weißeln ihrer Wohnung geholfen. Weder Vivian noch er wußten so recht, wie das ging. Entsprechend war das Ergebnis gewesen. Kemper hatte Vivian gefragt, warum sie sich nicht von Fachleuten ihre Wohnung renovieren lasse, sie habe doch Geld genug. Da hatte Vivian den Bankier Abs zitiert, der gesagt habe, daß man das Geld nicht vom Ausgeben habe, sondern vom Behalten. Sie bat Kemper auch, sein eigenes Haarshampoo mitzubringen, da ihres sehr speziell und teuer sei. Die reichlichen Beweise ihrer Sparsamkeit hatten in Kemper immer stärkeren Widerwillen ausgelöst, langsam trat er den innerlichen Rückzug an, schließlich den äußeren, und irgendwann hatte er sie völlig schmerzlos aus den Augen verloren. Jahre später schrieb sie ihm aus der Toskana, daß sie sich dort niedergelassen und einen Archäologen geheiratet habe.

Kemper sah sich um im »Fraunhofer«. Künstliche Hopfenreiser verzierten Theke und Kredenz, der Stuck unter der Decke war sanft bräunlich – seltsam, früher war Kemper alles größer erschienen, glänzender.

Leise Wehmut wollte sich in ihm ausbreiten, doch das ließ Kemper nie zu. Er hatte viel gelebtes Leben hinter sich, dazu stand er, das war schließlich die einzige Alternative zu einem frühen Tod. Und daß die Vergangenheit alles verklärt, wußte Kemper auch aus Erfahrung. Demnächst würde er seinen Fünfundfünfzigsten feiern. Das heißt, er würde ihn überhaupt nicht feiern, Geburtstage fand er albern und lästig, noch niemand hatte ihn überreden können, eine Party zu seinem eigenen Geburtstag zu veranstalten.

Auch Strobl hatte seinen Kaffee getrunken, er sah auf die Uhr. »Komm, wir gehen rüber ins »Werkstattkino«, die sind bestimmt im Büro, und vielleicht kommt der Papke vorbei. Irgendwo muß er ja sein.«

Sie gingen durch eine gepflasterte Remise in den Hinterhof, kletterten die schmale Treppe hinunter ins »Werkstattkino«. An den Wänden Filmplakate. Im Zuschauerraum mochte Platz für 60 Leute sein. Kommissar Kemper öffnete die Tür zum Büro, fragte eine junge Frau, die etwas in einen Computer eintippte, ob Berthold Papke hier sei. Als sie ihn erstaunt bis ablehnend anschaute, zeigte er wortlos und möglichst unauffällig seinen Ausweis. Sie stand auf, ging hinaus und kam kurz darauf mit einem schlanken, rötlichblonden Mann wieder, an dem Kemper erneut auffiel, daß er so unauffällig aussah. Wie ein Schluck Wasser, dachte Kemper, doch er hatte gelernt, daß die Unauffälligen einem immer die meisten Scherereien machen.

»Kemper, Hauptkommissar Kemper, wir kennen uns, nicht wahr, das ist mein Kollege, Obermeister Strobl. Wir müssen uns mit Ihnen über den Tod Ihrer Schwiegermutter unterhalten.«

Es war Papke sichtlich unangenehm, daß ihn die Polizei hier im Kino aufsuchte. Er tat Kemper fast leid, als Papke sich umsah, gleichsam, als müsse er Abschied nehmen.

»Aber wieso kommen Sie ausgerechnet hierher?«

»Daheim sind Sie nicht, an Ihrer Arbeitsstelle sind Sie seit Tagen nicht gewesen – da blieb uns nur Ihr zweites Wohnzimmer übrig«, sagte Strobl grob.

Papke sprach kurz mit der jungen Frau am Computer, dann wies er auf eine Tür, und sie gingen in eine Art

Wohnraum, wo Papke sich eine Cola aus einem Kühlschrank nahm, fragte, ob Kemper und Strobl auch eine wollten. Sie nickten, und dann sagte Strobl, Papke solle ihnen doch einmal berichten, was ihn dazu bewogen habe, nicht sofort nach Hause zu gehen, als er von dem Unfall seiner Schwiegermutter erfahren habe. Er müsse auch genau sagen, wo er zum Zeitpunkt des Todes gewesen sei.

»An Ihrem Arbeitsplatz jedenfalls nicht, das steht fest«, sagte Strobl.

Papke schwieg, er hielt die Cola-Flasche in Gesichtshöhe und schien das Moussieren der Kohlensäure darin zu studieren.

Papke schaute erstaunt auf Kemper und Strobl, er verdrehte die Augen und zeigte damit deutlich, daß die beiden Kommissare ihm auf die Nerven gingen. Dann sagte er ruhig, daß er die letzten drei Tage hier gewesen sei, genau hier in diesem Raum, hier habe er auch geschlafen. Das könne die Frau draußen bezeugen, und die Mitinhaber des »Werkstattkinos«, seine beiden Freunde Wolfi und Alex, würden das ebenso bezeugen, auf Wunsch auch beeiden.

»Die können sich ihre Eide in die Haare schmieren«, sagte Strobl verdrossen, trank den letzten Schluck seiner Cola und stand auf. Kemper hatte sich ebenfalls erhoben, er zog sich den Mantel wieder korrekt zurecht, ging zur Tür und sagte zu Papke, daß er noch lange nicht aus dem Schneider sei.

»Wir sprechen uns noch, Herr Papke, Sie haben ganz schön Dreck am Stecken, da helfen Ihnen auch die Bezeugungen Ihrer Freunde nicht.«

»Und kommen Sie nicht auf die Idee zu verreisen«, sagte Strobl, »wir haben noch viel mit Ihnen vor.«

7

Berthold Papke blieb gelassen sitzen, als die Kommissare gegangen waren. Was konnten die ihm schon tun. Die Frau am Kanal – niemals würde die Polizei herausfinden, was wirklich passiert war. Es war eine Nacht gewesen, wie man sie selten erlebt. Er war aus dem »Fraunhofer« gekommen, angenehm betrunken, war mit der U-Bahn zum Rotkreuzplatz gefahren und hatte erst dort gesehen, was für ein Himmel über ihm in schwarzorangenem Licht leuchtete. Papke hoffte, im Grünwalder Park einer Frau zu begegnen, einer ganz jungen, die vielleicht ein wenig bekifft war oder betrunken wie er, nur hübsch sollte sie sein, zart und sanft. Berthold Papke wünschte sich nichts sehnlicher, als bis zum Wahnsinn einer Frau zu verfallen. Einer, wie sie ihm gar nicht zustand, die ihm unverdient und aus rätselhaften Gründen zugeneigt wäre. Mit welchem Heißhunger würde er sich auf sie werfen, sich voll Wut und Schmerz und Leidenschaft in sie verbeißen, denn, selbstverständlich, wenn diese Frau herausfand, welch ein Niemand er war, alltäglich, eine kleine Existenz, dann würde sie sich zurückziehen. Wenn er Glück hatte, höflich und leise, oder aber unter Mitnahme der Form-im-Raum-Leuchten, wie beim letzten Mal. Die Leuchten waren Bertholds heimlicher Stolz gewesen, bei einem Freund, den er bewunderte, hatte er sie gesehen und sofort selber welche gekauft, obwohl sein Konto bereits überzogen war. Lange war das her, mindestens drei Jahre, aber Berthold hatte sich nicht allzusehr gewundert, daß sie die Leuchten behalten wollte, aber nicht ihn.

Berthold Papke wußte auch, wie die Frau aussehen mußte, der er verfallen wollte. Schlank sollte sie sein, mit einem sehnigen und doch wollüstigen Körper, einem Lächeln, durchtrieben und liebreizend zugleich, wie bei Frauen, die Drew Barrymore ähnlich waren oder Cameron Diaz. Manchmal sah Berthold ein Mädchen, das von weitem so aussah, in dem Supermarkt, wo er stellvertretender Filialleiter war und in seinem Büro saß, das durch eine große Glasscheibe vom Verkaufsraum getrennt war. Bis auf Ingrid hatte Berthold alle seine Frauen im Supermarkt kennengelernt. Sah er eine suchend durch die Regale gehen, die durch selbstbewußten Gang, das Herumwerfen der Haarmähne oder durch auffallende Kleidung seine Sehnsucht weckte, sprang er auf, eilte zu ihr, tat, als wolle er beim Einkauf behilflich sein. Wenn er dann in ein banales Gesicht sah, nicht einmal hübsch, nur mit billigem Zubehör ausstaffiert, wandte er sich beschämt ab. Wenn er es schaffte, empfahl er scheinheilig einen Prosecco oder ein neues Haarshampoo, je nachdem, wo die Kundin gerade stand. Doch er wartete immer wieder auf die nächste, die von weitem auch nur annähernd seinen Träumen entsprach.

Keinesfalls hatte Berthold Papkes Traumfrau Ähnlichkeit mit seiner Frau Ingrid. In sie war er zu keiner Zeit seines Lebens verliebt gewesen. Er hatte sie auf einem der weißen Faschingsbälle in Schwabing kennengelernt, von denen Berthold gehört hatte, daß sie mal originell gewesen seien. Das mußte aber vor vierzig Jahren gewesen sein, als Studenten, die kein Geld für Kostüme hatten, in weißen Bettlaken gefeiert hatten. Heuer hüpften nur nichtssagende Langweiler in weißen Kostümen herum, so daß Berthold nichts anderes einfiel, als übermäßig zu trinken. Obwohl er nur noch undeutlich die weiße, tanzende Menge wahrnahm, obwohl er bald nicht mehr wußte, ob er nur einen weißen Traum träumte, merkte er noch, daß sich im Laufe der Nacht wie üblich die Paare formierten, und irgendein Kumpel hatte ihm schließlich Ingrid aufgeschwatzt. Berthold protestierte, weil er lieber zum Elisabethmarkt wollte, zu seinem Freund Charly, der dort eine Kneipe besaß, die er schon frühmorgens öffnete. Obwohl er doch »ichwillzucharly, ichwillzucharly« protestiert hatte, fand er sich mit Ingrid in seinem Untermietzimmer, und er schlief mit ihr, und später wußte er nicht mehr genau, ob er tatsächlich dabeigewesen war.

Damit hätte es für Berthold Papke sein Bewenden gehabt. Er wußte noch, daß er sich erleichtert zur Seite gerollt hatte, als Ingrid sein Bett räumte, um heimzufahren. Sie wollte in ihrem weißen Faschingskostüm nicht am hellichten Tag nach ihrem Auto suchen, von dem sie nicht mehr wußte, wo sie es geparkt hatte. Eine Sekunde lang stellte sich Berthold die Frage, ob er ihr beim Suchen helfen müsse, doch dann war er schon wieder eingeschlafen. Im Hinübergleiten freute er sich auf den Sonntag, der vor ihm lag. Er würde schlafen bis in den Nachmittag, dann in der Badewanne liegen, Zeitung lesen, sich einen Cappuccino machen. Gegen Abend wollte er in der Siegesstraße beim Äthiopier was essen, dann mit der U-Bahn in die Fraunhoferstraße fahren, zum »Werkstattkino«. Er kannte die Leute dort, die fragten nicht viel, fanden es in Ordnung, daß er ständig kam, sich Filme ansah, die in anderen Kinos nicht liefen. ›Cooley High‹ zum Beispiel, oder ›La vie de Jésus‹, von deren Helden er sich angesprochen fühlte. Die hingen auch ziellos herum wie Berthold, neigten zu kleinen Betrügereien wie er, oder sie klauten, bretterten mit ihren Bikes durch die öden Käffer, in denen sie lebten, gefährdet, mit guten Chancen, im Knast zu landen. Filme, wie Berthold sie liebte, hatten meist wenig Handlung, es gab keine Hoffnung, nur Herumhängen auf der Suche nach einem kleinen Kick. Wenn es hochkam, hatte einer ein Mädchen wie Marie, aber das beschwor dann die Katastrophe herauf.

Berthold bewunderte die drei Leute, eine Frau und zwei Männer, die das Kino führten, professionell, eigensinnig, aufwendig, wenn sie auch wenig Gewinn machten. Er fühlte sich zugehörig, ein bißchen wenigstens, hätte sich das jedoch niemals anmerken lassen, obwohl sie ihn freundschaftlich behandelten. In der Tageszeitung, die er gelegentlich las, gab es einen Filmkritiker, der schrieb manchmal über die Filme, die im »Werkstattkino« liefen. Aus diesen Rezensionen klaute sich Berthold eine Meinung, weil er seiner eigenen nicht traute. Nur er selber wußte, daß er nicht mal einen Hauptschulabschluß hatte. Er war immer kränklich gewesen als Kind, sie erzählten ihm, daß die Hebamme bei seiner Geburt gesagt habe, sie gebe ihm nur zwei Tage, länger schaffe er es nicht. Seine Mutter habe ihn inmitten von

Wärmflaschen gebettet, ihn alle zwei Stunden gefüttert, wochenlang, sagten sie in einer Mischung von Respekt und Verachtung. Berthold hatte überlebt, seine Mutter verteidigte zäh dieses Leben, schüchterte später sogar Schulkinder ein, die Berthold verhauen wollten. Zwei Beispiele hatte Berthold in Erinnerung, als seien sie gestern passiert, und jedesmal, wenn er sich daran erinnerte, klumpte sich die Zärtlichkeit für die Mutter und sein geheimer Stolz auf sie in seiner Kehle zusammen.

Es war beim Schlittenfahren gewesen. Berthold, er mochte vier gewesen sein, und andere Kinder seines Alters rodelten einen kleinen Hügel, der völlig ungefährlich war, mit Gefühlen großen Stolzes hinab, immer wieder, Berthold konnte sich dieses herrliche Bergabsausen heute noch zurückrufen. Seine Mutter war in einen Bäckerladen gelaufen, zwei Straßen weiter, sie wollte für alle Kinder Brezn kaufen, so glücklich war auch sie über die Freude ihres Sohnes gewesen. Plötzlich kam ein Halbwüchsiger auf einem Pferd, er mochte von einem nahe gelegenen Bauernhof herübergeritten sein. Er sah die Kleinen in ihrem Eifer, vielleicht mißfiel ihm ihr Spaß, vielleicht war er auch nur ein Arschloch, jedenfalls ritt er auf die Kleinen zu, wenn sie den Hügel hinuntersausten, zwang sein Pferd in ihre Bahn, das Pferd bäumte sich auf, die Kleinen schrien voller Angst, kippten von ihren Schlitten, standen schließlich zitternd und nach ihren Müttern schreiend am Fuß des Hügels. Bertholds Mutter kam gerannt, ließ die Tüte mit den Brezn fallen, riß den Jungen von seinem Pferd herunter und ohrfeigte ihn, links und rechts und immer wieder, bis er ebenso brüllte wie die Kleinen.

»Mein Papa zeigt Sie an, Sie blöde Kuh, Sie dürfen mich nicht schlagen.«

»Diese Ohrfeigen nimmt dir kein Pfarrer wieder ab.«

Bertholds Mutter war so aufgebracht, daß es ihr völlig gleichgültig war, ob der Kerl sie anzeigte. Inzwischen waren, angelockt von dem Gebrüll, noch andere Mütter zur Stelle, und sie gaben Bertholds Mutter recht, bedankten sich sogar bei ihr, daß sie auch ihre Kinder beschützt hatte. An diesem Abend, es war inzwischen dunkel geworden, ging Berthold an der Hand seiner Mutter heim wie durch ein goldenes Licht, er wußte damals nicht, daß es Glück war, was er empfand, Glück und Stolz, aber inzwischen war es ihm klar, und er rief sich die beiden Szenen gerne zurück, wenn er sich wieder einmal benachteiligt fühlte vom Schicksal oder einer anderen Macht, die er gern dafür verantwortlich gemacht hätte, daß es für ihn so gut wie keine Chance gab, es zu etwas wirklich Bedeutendem zu bringen.

Das zweite Mal, wo Bertholds Stolz auf seine Mutter sich in sein Gedächtnis unlöschbar eingegraben hatte, war sein erster Schultag gewesen. Vielleicht auch der zweite. Jedenfalls brachte ihn die Mutter am Morgen hin, denn der Weg war ziemlich weit, und die Mutter in ständiger Angst, daß Berthold etwas zustoßen könne. Diese immer bereite Unruhe war es wohl auch gewesen, die die Mutter veranlaßt hatte, nach etwa einer Stunde zurückzukehren zur Schule – die Mutter hatte es niemals ganz erklären können. Jedenfalls war sie zur Pause erschienen, in der Berthold im Kreis anderer Kinder sein Pausenbrot essen wollte. Ein großer Junge aus der Hauptschule nahm ihm sein Brot ab, das die Mutter in eine Tüte aus Pergamentpapier gepackt hatte. Der Junge warf das Brot auf den Boden, blies in die Tüte und haute sie Berthold auf den Schädel, immer wieder. Berthold begriff nichts, spürte nur den dumpfen Schmerz, wußte, daß er gegen den Großen keine Chance hatte. In diesem Augenblick kam Bertholds Mutter dazu, riß den Jungen an den Haaren, so kräftig, daß ihre Fingernägel abbrachen, sie hielt ein Büschel Haar in den Händen, schüttelte den Jungen, schlug ihn, wohin sie traf. Auch dieser Junge brüllte, begann, sich gegen die Mutter, die kaum größer war als er, zu wehren. Berthold bekam Angst um die Mutter, versuchte, die Beine des Jungen zu umklammern, ihn zu Fall zu bringen. Ein Lehrer kam, wies die Mutter zurecht.

»Was fällt Ihnen ein, Sie dürfen keinen Schüler schlagen! Verlassen Sie sofort den Pausenhof!«

»Und Sie? Haben Sie vielleicht zufällig Aufsicht? Wieso sehen Sie nicht, daß hier einer mein Kind fast totschlägt?«

»Nun übertreiben Sie mal nicht.«

Der Lehrer wurde doch etwas kleinlaut, als die anderen Kinder bestätigten, daß der Große Berthold immer wieder mitten auf den Kopf geschlagen hatte. Er bat jetzt Bertholds Mutter höflich, den Pausenhof zu verlassen. Er versprach, ein Auge auf Berthold zu haben und dem Großen einen Verweis zu geben.

Das mit der Hepatitis hatte auch Bertholds Mutter nicht verhindern können. Dreizehn war Berthold gewesen, monatelang hatte die Krankheit ihn müde gemacht, gleichgültig gegen die Schule, gegen jede mögliche Zukunft.

Trotzdem hatte seine Mutter es geschafft, ihn im Supermarkt des Ortes unterzubringen, sogar einen Lehrvertrag hatte er bekommen. Ihr zuliebe hatte er sich dort abgerackert, sich von den älteren Angestellten ausnutzen, zum Deppen machen lassen. In der Berufsschule war er in seinen Leistungen weit über dem Durchschnitt, er bestand seine Prüfung zum Einzelhandelskaufmann sogar mit Sehr gut. Das war für seine Mutter ein guter Tag gewesen, als er mit dieser Note nach Hause kam. Sie hatte gekocht wie für eine Hochzeit, alle Leute eingeladen, mit denen sie verwandt oder bekannt waren. Viele waren es nicht gewesen, aber Berthold unterstützte das Hochgefühl seiner Mutter, indem er beim Festessen berichtete, daß er nun auch noch die Berufsoberschule anvisiere.

Wenige Wochen später war die Mutter tot, Angina pectoris hieß es, doch Berthold vermutete, daß ihr Kampf für ihn sie früh aufgebraucht hatte. Diese Gedanken machten ihn wütend und wehleidig zugleich. Sah er in den Fußgängerzonen elegante Damen in die Cafés und Kaufhäuser schlendern, hätte er heulen mögen, weil seine Mutter sich das niemals hatte leisten können. Sie war Putzfrau gewesen wie die Mutter des Bundeskanzlers Schröder, aber anders als diesem war es Berthold nie gelungen, die Mutter dafür zu entschädigen, daß sie sich sein Leben lang für ihn abgerackert hatte.

Berthold Papke kämpfte mit den Tränen, als er aus dem Grünwalder Park herauskam, in dem ihm keine einzige Frau begegnet war, wieso auch, es war schließlich drei Uhr am Morgen, und wer rannte da schon außer ihm im

Park herum. Statt des elastischen Waldbodens betrat Berthold jetzt den Asphalt der Südlichen Auffahrtsallee, verfluchte seine Träume, flennte fast vor Selbstmitleid, und dann sah er das Mädchen. Sie war schlank, sehr groß und legte ihre Kleider am Hubertusbrunnen ab, genau da, wo man den schönsten Ausblick auf das Nymphenburger Schloß hatte, überhaupt das wahnsinnigste Bild, das man in einer Stadt sehen konnte. Manchmal saß Berthold lange an dem Brunnen, einfach so, ließ die Leute an sich vorbeigehen, sah auf die Schwäne und immer wieder hinunter zum Schloß, das ihn wie eine Fata Morgana in der Ferne zu locken schien. Doch heute traute Papke seinen Augen nicht. Unter dem schwarzorangenen Himmel stand das Mädchen wie eine helle Statue da, wie von Modigliani oder von einem der anderen Typen, die so was modellieren konnten, Papke faßte es immer noch nicht. Er kniff sich verstohlen, aber sie stand immer noch da, grinste ihn an. »Na, was ist – gehst du mit schwimmen?«

Papke dachte, daß sie genauso betrunken war wie er selber, vielleicht auch bekifft, ganz wie er es sich eben noch gewünscht hatte. Daher scheute er sich nicht länger, sie genauer anzusehen. Sie war jung, vielleicht achtzehn, neunzehn, sie hatte einen langen schmalen Hals, feste kleine Brüste, auf denen Strähnen ihres langen dunklen Haares lagen. Ihr Gesicht war nicht hübsch, dazu hatte sie eine allzu lange, kräftige Nase, der Mund war breit und voll, die Schneidezähne standen weit auseinander. Die Augen waren schön, tiefliegend, geheimnisvoll schienen sie Papke, doch da riß sie ihn wieder aus seinen Gedanken: »Was ist jetzt, kommst du mit – sonst gehe ich alleine.«

Sie wandte sich um, stieg über die niedrige Metallbefestigung und war schon fast am Wasser, als Papke sie am Oberarm faßte und zurückzog.

»Du bist doch verrückt, es ist viel zu kalt heut nacht. Und außerdem – was willst du in der Brühe? Ist doch nichts zum Schwimmen!«

Die Nähe des nackten Körpers erregte ihn. Er drängte das Mädchen auf die Böschung, die an dieser Stelle nicht besonders hoch und steil war, warf sich auf sie und begann hastig, seine Kleider zu öffnen. Für einen Moment lag das Mädchen still, es war, als horche sie auf irgend etwas, sie sah Papke an, als müsse sie tief über ihn nachdenken, und Papke wollte in sie eindringen, doch mit einer ungestümen Bewegung drängte sie ihn plötzlich von sich fort, stieß ihm ihr Knie heftig in den Unterleib, so daß Papke sich für einen Moment in heftigem Schmerz zusammenkrümmte. Er sah das Mädchen in dem schwarzorangenen Licht, das plötzlich mehr Schwärze als Orange zeigte, er sprang auf und wollte sie erneut an sich ziehen, er wollte sie haben, unbedingt, doch sie rannte ins Wasser, schrie kurz und leise auf und rannte weiter, auf die Mitte des Teiches zu, wo sie um sich zu schlagen begann, und Papke sah, daß sie nicht schwimmen konnte. Er ging zurück zu dem steinernen Hirsch, setzte sich auf den Platz, den er oft innehatte, und schaute zu, wie nach einigen heftigen Schlägen aufs Wasser alles still wurde. Papke überlegte noch kurz, ob er die Kleider des Mädchens mitnehmen und verbrennen solle, dann ließ er es sein und ging am Kanal entlang, nicht unten am Wasser, sondern oben an der Nördlichen Auffahrtsallee, wo ihm einige Autos begegneten und ihn zurückholten in die Banalität dieser Nacht und in die Max-Ernst-Straße, in deren Nummer 75 seine Schwiegermutter und seine Frau schliefen. Papke hätte beide genauso in den Kanal jagen können wie vorhin das Mädchen. Im Moment haßte er alle drei Frauen, weil sie ihm Scherereien machten.

In der Max-Ernst-Straße 75 blieb er nur, weil er im Moment kein Geld hatte, eine Scheidung oder eine eigene Wohnung zu bezahlen. Berthold kam nämlich mit seinem Gehalt als stellvertretender Filialleiter nie aus, er besserte es gelegentlich auf, indem er illegale Aushilfskräfte nicht bezahlte, oder nur teilweise, und das Geld für sich behielt.

Beschweren konnten sich die Leute ja nicht. Meistens sprachen sie kein Deutsch, und wenn, dann drohte Papke mit dem Sozialamt oder mit der Polizei, und sie kuschten. Er tat das ohne alle Gewissensbisse. Diese Leute wurden schließlich vom Sozialamt erhalten, er arbeitete ohnehin für die mit, was mußten die doppelt abzocken. Nur manchmal durchfuhr es ihn mit einem scharfen Schmerz, daß seine Mutter dies nicht gutgeheißen hätte, daß er sie verriet. Vor allem das mit dem Mädchen – und wenn schon – Mutter war nicht mehr da, basta, er konnte sie nicht mehr anrufen, ihr kein Geschenk machen oder sie zu einem Tag bei ihm in München einladen. Wer hatte Mitleid mit ihm?

Inzwischen war er vierunddreißig geworden – und es schien, als sei er im Moment ziemlich am Ende. Seltsam, er fühlte kaum noch etwas. Sogar seine Gedanken an die

Mutter waren kaum noch schmerzlich – manchmal fühlte er nicht einmal mehr Selbstmitleid. Der Kampf seiner Mutter für ihn, seine bescheidene Ausbildung – er hatte die weiterführende Schule nie besucht –, alles Vergangene hielt ihn klein und reduzierte sein Selbstvertrauen bis auf ein Minimum. Es machte ihn grausam gegen Menschen, die noch schwächer waren als er. Das Mädchen. Warum hatte er sie ertrinken lassen? Drei, vier Schritte, und er wäre bei ihr gewesen. Die Aussiedler – warum betrog er sie, bereicherte sich an dem Geld, das sie mit mühseliger Arbeit wie dem Schleppen von Obst und Gemüse verdienten? Was konnte er dafür? Notfalls mußte er eben betrügen, um das festzuhalten, was seine Existenz ausmachte. Die Feste, die er im »Fraunhofer« gab. Der BMW, den er in Raten abzahlte. Seine Klamotten, die er bei angesagten Designern wie Dolce & Gabanna kaufte. Nur so, wußte Berthold Papke, konnte er sich behaupten, konnte er mithalten mit den anderen, denen er gefallen wollte.

Manchmal sehnte er sich nach den Zeiten, als er noch bescheidener gewesen war. Eine kleine Wohnung in Schwabing gehabt hatte. Wenn er abends aus seinem Supermarkt kam, der am Rotkreuzplatz lag, fuhr er mit der U-Bahn zur Münchner Freiheit, lief durch die Straßen Schwabings, das sein Zuhause war, mochten auch alle sagen, Schwabing sei verkommen, versaut, banal. Ihm sollte es recht sein, wenn er nur weiterhin über das Katzenkopfpflaster latschen konnte, im diffusen Abendlicht zum Englischen Garten hinunter, träumend sich einrichtend in seiner Einsamkeit, aus der er von einem Mädchen erlöst werden wollte. Im Winter suchte er durch den Nebel in die seltsam verschwommenen Gesichter der anderen Spaziergänger zu sehen, sich ein wenig zugehörig zu fühlen, er war selig, wenn er ein Gesicht kannte, grüßte und zurückgegrüßt wurde.

Im Sommer war es ohnehin leicht. Da ging er zum Chinesischen Turm, wo seine Spezln ihren Tisch hatten, einmal hatte der Oberbürgermeister Christian Ude bei ihnen gesessen, weil ihre gute Stimmung ihn aufmerksam gemacht hatte. So einen wie den Ude konnte Berthold bewundern, beneiden. Der hatte was drauf, war ein Sozi, aber kein verdruckster, trockener, sondern ein Mann mit Ausstrahlung, irgendwie nobel war der. Wie er da saß, braungebrannt, gute Zähne, gute Haare, mit dem konnten sich die Münchner überall sehen lassen. Und lachen konnte der, auch über eine Bemerkung Bertholds hatte er schallend gelacht. Berthold hielt sich grundsätzlich nicht für witzig, jedoch, wenn andere Nonsens erzählten, ihm sozusagen einen Boden bereiteten, konnte auch er mal Bemerkungen einwerfen, die seine Tischgenossen amüsierten. Berthold hoffte nur, daß niemand drauf kam, wie langweilig er war. Hörte er sich plötzlich auf einen Blödsinn kontern, kam es ihm vor, als habe er sich alles nur geliehen, als spreche ein anderer aus ihm. Er fühlte sich als Hochstapler, aber er genoß es trotzdem.

Als er mit dem Betrügen angefangen hatte, bekam er oft Gewissensbisse, weil er das Geld anderer unterschlug. Angst auch. Doch er mußte weitermachen. Es blieb ihm schließlich nichts anderes übrig. Sein Leben in den Kneipen kostete viel Geld, an manchen Abenden vertrank er einen Hunderter, weil er immer Leute einlud. Er wollte Freunde haben, Kumpels, und die fand er nur in den Kneipen.

Neu waren seine Träume von Drew Barrymore. Er hatte sie vor wenigen Tagen in einem Western gesehen, ›Bad Girls‹, ihr weicher, so verdammt ausdrucksvoller Mund ging ihm nicht aus dem Hirn. Wie die Kerle ihr an die Wäsche wollten, das hatte Berthold schwer mitgenommen. Schon in dem Film ›E. T.‹, den er auf Kassette hatte, war die kleine Drew ihm nah gewesen, er hatte eine verrückte Sehnsucht nach solch einer kleinen Schwester gehabt, die so fair war, so mitfühlend, so witzig und dabei auch noch tapfer. Im richtigen Leben hatte Drew dann Drogen genommen, wahrscheinlich war sie mit dem Ruhm, den sie als Kind schon gehabt hatte, nicht fertig geworden. Was für ein Leben hatte Drew schon jetzt hinter sich! Berthold kam sich dagegen mickrig vor, langweilig bis dorthinaus. Und Cameron Diaz! Kaum älter als ein Schulmädchen, war sie schon Model geworden, war in der ganzen Welt herumgereist, völlig selbständig, hatte Millionen verdient. Berthold hatte sie in ›Verrückt nach Mary‹ gesehen, alle Typen waren auf sie abgefahren, das war ja ohnehin klar – aber wie sie jeden etwas Besonderes sein ließ, den armen Säftel von Pizzafahrer, den Hochstapler Matt Dillon, die abgetakelte Tussi mit ihrer schäbigen Töle – und dann schmierte sie sich auch noch voller Unschuld das Sperma von dem Idioten ins Haar. O Cam! Einmal einen so strahlend offenen Blick von dir, so warm, so sexy – Berthold drehte sich fast der Magen um vor hoffnungsloser Sehnsucht.

Die Türklingel hatte Berthold damals aus seinen Gedanken hochgeschreckt. Er war aus seinem Bad gestiegen und, eingehüllt in sein Badelaken, lustlos zur Tür gegangen. Er wollte keinen Besuch. Schon gar nicht Ingrid. Er hatte sie fast vergessen. Doch sie stand mit der Miene einer altgedienten Vertrauten unter der Tür, einen Picknickkorb in der Hand, und nickte Berthold kumpelhaft zu, der dumpf ahnte, daß diese Lässigkeit nicht ganz echt war. Das machte ihm die Situation nicht leichter, auch nicht die Tatsache, daß er sich nur verschwommen an Ingrid erinnerte und keinesfalls daran, daß sie so vierschrötig war, einen schmallippigen Mund hatte, und ihre Augen schienen ihm ausdruckslos wie die von einem toten Fisch. Wieso mußte er sich mit dieser Ingrid herumschlagen, die offenbar nicht von seiner Schwelle weichen wollte? Berthold fühlte, wie seine nackten Füße kalt wurden. Das machte ihn wütend, ungerecht, mürrisch.

»Was ist los – ich bin auf dem Sprung, ich will ausgehen. Ich hab noch nicht mal gefrühstückt.«

»Das hab ich mir gedacht. Drum habe ich uns das Frühstück mitgebracht.«

Uns? Wieso uns? dachte Berthold, doch Ingrid ging so resolut an ihm vorbei, daß ihn ihr breiter Hintern fast umwalzte. Mann, hat die einen Tortenarsch, konnte Berthold nur noch flüchtig feststellen, da breitete Ingrid auf der Küchentheke schon ein makelloses Tuch aus, das sie ebenfalls mitgebracht hatte. Die glaubte wohl, er hätte keine Tischtücher. Und überhaupt – frühstücken wollte er vielleicht im »Fraunhofer«, aber nicht hier mit dieser Ingrid. Doch es zeigte sich, daß er ihrer gußeisernen Entschlossenheit nichts entgegenzusetzen hatte.

Nach dem Frühstück unterwarf Ingrid seine beiden Zimmer einer peniblen Reinigungsprozedur und gleichzeitigen Inspektion. Berthold kapierte das durchaus, völlig blöde war er schließlich nicht. Er hockte auf dem Bett, ließ sie gewähren in einer Art ängstlicher Verwunderung, in die sich ein wenig Grauen mischte. Dann beschwichtigte er sein Mißtrauen. Was konnte sie ihm schon tun? Unter seinen verstörten Augen verwandelten sich seine beiden sanft verdreckten Zimmer in ein keimfreies Labor. Ingrid war mit einem großen Müllsack ausgerüstet, in den wanderten alle Dinge, die Berthold über die Wohnung zu verteilen pflegte, weil er nicht wissen konnte, ob er sie noch einmal brauchen würde. Da gab es Flaschen und Gläser aller Sorten, Korken, die vielleicht für die Hälse halbleerer Flaschen gut wären, doch es gab bei Berthold keine halbleeren Flaschen, weil er alles ordentlich leer trank, und so widersprach er auch nicht, wenn Ingrid mit einem fröhlichen »Das brauchen wir doch nicht mehr, oder?« alte Zeitungen entsorgte, leer geschriebene Kugelschreiber, Schokoladennikoläuse, Kunstrosen und Lebkuchen vom Oktoberfest. Er protestierte schwach, als sie Asterix und Obelix aus Kartoffeln, denen die Keime schon zwischen den Zöpfen herauswuchsen, auch in den Sack werfen wollte, doch dann gab er nach. Dabei hatte die sechsjährige Jelena, das Töchterchen der Hausmeisterin, ihm die Kunstwerke geschenkt. Jedesmal, wenn er künftig Jelena sah, schämte er sich und bekam Wut auf Ingrid.

Als Ingrid schließlich noch seine schmutzige Bettwäsche und die Hemden in ihrem Korb verstaut hatte, zog sie sich wortlos aus, legte sich auf sein frischbezogenes Bett und starrte irgendwie schamvoll an die Decke.

Das sah so bescheuert aus, daß sie Berthold leid tat. Nun wußte er, warum sie gekommen war, warum sie ihn zum Frühstück verdonnert und seine Wohnung geputzt hatte. Ingrid erwartete eine Wiederholung des Beischlafs von der letzten Nacht, und Berthold fragte sich, ob sie darauf, nach ihren enormen Sachleistungen, nicht auch Anspruch hatte.

Wenn er später darüber nachdachte, wußte Berthold, daß er hätte nein sagen müssen, neinverdammtnochmal, ich will nicht! Notfalls hätte er Ingrid anschreien sollen: Ich will dich nicht, ich will meine Träume behalten, mein »Blue Nil«, wo dir das Essen nicht schmeckt, mein »Werkstattkino«, dessen Filme dir zu speziell sind. Ich will mein »Fraunhofer«, meine Spaziergänge durch Schwabing, auch wenn du es noch so abgetakelt findest, und nicht mit dir in den Nymphenburger Park, weil es da keinen Chinesischen Turm gibt, nur alte Tanten im stickigen Palmenhaus, von denen die widerwärtigste deine Stiefmutter ist ...

Diese Schwiegermutter. Sie übertraf spielend alle die albernen Lieder und Sprüche, die Berthold je über Schwiegermütter gehört hatte. Nie würde Papke den Tag vergessen, an dem Ingrid ihn ihrer Stiefmutter vorgestellt hatte. Ihr Anblick allein hätte schon genügen müssen, um abzuhauen, ihre ölige, ranzige Freundlichkeit, mit der sie ihn gleich beim ersten Kaffee in ihrem Haus nach seinem Herkommen gefragt hatte, nach seiner Bildung. »Ich habe nicht vor, meine Tochter jedem Irgendwem zu geben«, sagte sie, und Berthold Papke fragte sich flüchtig, ob ein stellvertretender Supermarkt-

Filialleiter unter »Irgendwem« bei ihr eingeordnet würde. Das war ihm aber völlig gleichgültig gewesen, er fühlte nicht die geringste Lust, der Alten die Stieftochter abzunehmen.

Nach der ersten Tasse Kaffee bestand sie darauf, ihn durchs Haus zu führen, ihm Bilder der Prinzschen Vorfahren zu zeigen, deren Porträts im Treppenhaus hingen. Berthold interessierte sich keine Sekunde für die häßlichen Verblichenen, er erwartete, daß es Ingrid peinlich war, wie ihre Stiefmutter sein bißchen Höflichkeit strapazierte, aber nein.

Ingrid strahlte heute überhaupt so eigentümlich, Berthold wußte auch nicht, warum ihr Lächeln auf ihn irritierend wirkte. Die Bilder ihrer Ahnen sah sie liebevoll an, es gab ein Jugendbild der Stiefmutter im Flur, die hatte schon immer alt ausgesehen, daneben das Bild des Vaters von Ingrid, der irgendwie verzweifelt wirkte. Das neueste Foto zeigte Ingrid selber, vielleicht im Alter von zwanzig, und daneben hing das Konterfei eines jungen Mannes, das Berthold stutzig machte. Da sagte Ingrid auch schon, das sei ihr Bruder Nepomuk, sie sah ihn dabei aufmerksam an, sagte schließlich, ob er nicht finde, daß Nepomuk ihm ähnlich sehe. Aber wirklich nicht, rief die Stiefmutter da schrill, doch Berthold, obwohl ihm nicht das geringste daran lag, ganz im Gegenteil, Berthold erkannte eine merkwürdige Ähnlichkeit auch mit dem Bild dieses Herrn Prinz. Zwar nicht mit sich selber, aber mit einem Foto, das ihm seine Mutter einmal gezeigt hatte, als er nach seinem Vater fragte. Es gab nur das eine Bild, weil der Vater nach Aussagen der Mutter noch vor seiner Geburt gestorben war.

Berthold mochte sich bei dieser Ähnlichkeit, die Ingrid offenbar wichtig war, nicht aufhalten. Vielleicht würde er daheim einmal suchen. Er hatte ein Kästchen voller Fotos aus dem kleinen Nachlaß der Mutter. Vielleicht fand er das Bild seines Vaters. Jetzt wollte er sich so rasch wie möglich verabschieden. Nur raus hier, weg von dieser Stiefmutter, die nun mit Schwung und großen Gesten auf dem verstimmten Klavier ein rheinisches Schunkellied spielte. Dazu sang sie mit rollendem R und so viel ranzigem Tremolo in der Stimme, daß Berthold für einen Moment glaubte, sie wolle einen Scherz machen. Nein. Sie hielt ihren Vortrag für Kunst und erwartete von Berthold Bewunderung. Auch Ingrid schien stolz zu sein auf das dumpfe, muffige Haus, dessen Erbin sie war und das mit den schaurigen Klängen noch gruftiger wirkte. Berthold versuchte die erste Verbeugung seines Lebens in Richtung Klavier, er wollte unbedingt das Händeschütteln vermeiden, da er fürchtete, fettige Finger zu bekommen. Seit Berthold Ingrids Mutter kennengelernt hatte, begriff er einen Aphorismus des fränkischen Dichters Fitzgerald Kusz: »Bei manchen Leuten fängt das Aarschluuch schon im Gesicht an.«

Damals, nach Bertholds erstem Besuch im Haus Prinz, hatte Berthold noch sicherer gewußt, daß er Ingrid Prinz so schnell wie möglich loswerden wollte: Ich will nicht in das Haus in der Max-Ernst-Straße einziehen, wo ich jeden Tag das Vergnügen mit der fettigen Brunhilde hätte – Frau Prinz hieß tatsächlich so, sie brauchte keinen Spitznamen.

Vor allem jedoch, Freude an Ingrid wollte sich auch nicht einstellen. Im Gegenteil. Als er mit beiden Frauen auf einem kleinen Balkon gestanden hatte, als sie in den tristen Reihenhausgarten hinausschauten, der leer war, ohne jede Blume auf dem spärlichen Rasen, da spürte Berthold, daß es kühl wurde, obwohl noch September war, über den Gärten hingen dicke Wolken voller Regen, eine dumpfe schwüle Nässe schien Berthold den Atem zu nehmen, während die Frauen in den Garten blickten, als gäbe es nichts Schöneres. Berthold mußte tief atmen, um nicht zu ersticken, er wußte in diesem Moment, daß er nichts auf dieser Welt liebte, am wenigsten aber Ingrid und dieses Haus mit der absurden Stiefmutter, die eigentlich nur lächerlich war. Eine Zumutung. Berthold dachte an seine tote Mutter, die so zäh gekämpft hatte, weil ihr Sohn ein glückliches Leben haben sollte. Bis heute wußte Berthold nicht, was das sein konnte – ein glückliches Leben. Ist man glücklich, wenn man bekommt, was man sich wünscht, oder macht gerade das einen erst recht unglücklich? Berthold Papke wußte nicht, was er wollen sollte, er ahnte nur tief in sich, daß er einen Bereich ganz allein für sich brauchte, er wollte sein kleines, altes Gaunerleben zurückhaben, er ertrug es nicht, daß eine Frau wie Ingrid sein Leben in die Hand nahm.

In dieser Sekunde auf dem Balkon, unter den dicken Regenwolken, die jeden Moment aufzuplatzen drohten, sagte Berthold leise zu Ingrid, daß er sich von ihr trennen werde.

»Das geht nicht«, sagte Ingrid ebenso leise, »das geht nicht, wir bekommen ein Kind.«

Berthold Papke hatte trotzdem weggewollt. Lieber Alimente zahlen. Seine Kumpels, die Freunde vom »Werkstattkino«, alle hatten sie gesagt, wegen des Kindes müsse er doch nicht gleich heiraten. Aber die beiden Frauen hatten ihm zugesetzt, fertiggemacht hatten die ihn. Ingrid drohte mit Selbstmord, die Alte wollte ihn im Supermarkt denunzieren. Nächtelang war er durch die Kneipen gezogen, irgendwann hatten sie ihn dann soweit ...

Berthold Papke gab nur vor sich selber zu, daß seine Schulden so drückend geworden waren, daß er die Miete in der Occamstraße nicht mehr bezahlen konnte. Mit seinem BMW hatte er einen Unfall verursacht, nur Blechschaden, aber er hatte das Auto verkaufen müssen, sogar mit Verlust. Schließlich war ihm, wenn er ehrlich war, das kostenlose Wohnen bei Ingrid wie der letzte Ausweg erschienen.

8

Die Moldens saßen am Eßtisch, auf ihren Tellern blieben Farfallone mit Lachsstreifen liegen. »Eigentlich magst du das doch gern«, sagte Agnes Molden. – »Du auch«, entgegnete Matthias Molden freundlich, »es ist eines deiner vielen Lieblingsessen.«

Agnes Molden schob den Teller weg, trank einen Schluck Wein. »Seltsam«, überlegte sie, »ich weiß gar nicht, was ich fühlen soll. Ich bin erleichtert, daß die Prinz nicht mehr da ist, daß ich sie nie mehr sehen muß, ich hab mir oft gewünscht, daß sie vor Neid platzen oder sonstwie umkommen soll, aber daß sie jetzt wirklich tot ist, mausetot, das will mir nicht in den Kopf.«

Matthias Molden goß seiner Frau Wein nach, prostete ihr zu. »Die Prinz war offenbar dazu geschaffen, ihrer Umwelt ein Ärgernis zu geben. Das hat sie gemacht, so lange sie lebte, und als Tote kann sie nicht mehr anders.«

Agnes Molden sah ihren Mann prüfend an. »Sagst du das als Mensch oder als Nachbar?«

»Na hör mal, das klingt ja nach Dr. Jekyll und Mr. Hyde – übrigens, der Wein ist alle, ich hätte Lust auf einen Champagner, wir haben noch einen Taittinger im Keller ...«

»Champagner. Heute. Meinst du, das paßt?«

Agnes und Matthias hatten nicht gehört, daß Titus und Hortense, die fünfjährigen Zwillinge, hinter ihnen im Wohnzimmer standen. Hortense trug ihren Bugs-Bunny-Schlafanzug, Titus seinen mit den Peanuts, was beim Zubettgehen wieder zu Streit führte, denn Hortense fand inzwischen Peanuts schöner, obwohl sie sich Bugs Bunny selber ausgesucht hatte, doch Titus ließ nicht von seinen Peanuts, und daher mußten die beiden sich derart beschimpfen, daß es um ein Haar wieder zu Handgreiflichkeiten kam. Jetzt standen Hortense und Titus nebeneinander, sie wußten, daß sie nach dem ausgiebigen Einschlafritual mit Gebet und Gesang nicht mehr runterkommen sollten, hielten es aber für nötig. Agnes bemerkte sie schließlich.

»Was ist denn jetzt wieder los, haut ab, es ist schon elf Uhr!«

Hortense schubste Titus, Titus schubste Hortense.

»Ech kann nech einschlafen. Der Titus auch nech, Titus, du Blödmann, tu deinen fetten Arsch da weg.«

»Dein Arsch is viel fetter – Mama, die Hortense sagt immer Arsch zu meinem Po.«

Geduldig nahmen die Moldens jeder einen Zwilling auf die Knie. Sie erklärten ihnen, was sie so ziemlich jeden Tag erklärten, daß sie sich nicht dauernd streiten sollten, sondern sich liebhaben. Daß sie nicht so häßliche Ausdrücke wie Arsch und Blödmann gebrauchen sollten, das täten die Eltern schließlich auch nicht. Darauf protestierten die Zwillinge sofort.

»Mama, du sagst ganz viel Affenarsch, un zum Brüllaffen hast du ekeliger Kotzbrocken gesagt«, rief Hortense eifrig, doch Titus bestritt es: »Nee, sie hat widerlicher Kotzbrocken gesagt und noch ölige Unke.«

»Jaha«, lachte Hortense stolz. »Ölige Unke – hast du rübergesagt, Mama. Un Scheiße sagst du auch ganz viel.«

Agnes sah ihren Mann nicht an, sie wandte sich den Zwillingen zu, sagte ernst, daß sie solche Wörter aber nicht zum Papa sage und nicht zu Leuten, die sie liebhabe, und daß sich von jetzt an alle drei vornehmen wollten, nicht mehr solche Ausdrücke zu gebrauchen.

»Okee«, sinnierte Hortense, »brauchen wir auch nich mehr so viele, wo der Brüllaffe tot is.«

»Tot. Einfach nich mehr da«, sagte Titus heiter. »Kann uns nich mehr eergern –«

»Un nich mehr brüllen ihr Tierquäler – kannse nich mehr.«

Endlich wieder im Bett, wollten beide noch etwas trinken, wie immer. Beim Einschlafen lauschte Hortense auf den Sturm, der heulend durch die Äste der Tannen, Ulmen und Nußbäume fuhr. »Mama, mir is so gruselig, heult da draußen der Brüllaffe?«

»Nein«, sagte Agnes, »im Winter ist es oft stürmisch, das wißt ihr doch.«

»Un der Brüllaffe is wirklich tot?«

»Ja«, sagte Agnes, »die kann euch nicht mehr stören. Und jetzt schlaft endlich.«

»Die beiden beschäftigt der Tod von Frau Prinz doch sehr stark«, sagte Agnes zu Matthias, als sie aus dem Kinderzimmer kam.

»Das ist nicht verwunderlich, Liebste. Schließlich mußten die Kinder seit zwei Jahren die Angriffe dieser Frau aushalten. Weißt du noch, als im Teich so viele Kröten waren?«

9

Ein kleiner Teich, im hinteren Teil des Reihenhausgartens gelegen, dicht bewachsen mit Seerosen und Schilf, war sommers wie winters für die Zwillinge ein geheimnisvoller Ort, an dem sie ständig neues Getier entdeckten, neue Pflanzen, wundervolle Veränderungen. Kamen die beiden aus dem Kindergarten, rannten sie erst einmal zu ihrem Teich, holten ihre Geräte heran, die sie in den Büschen versteckt hatten. Alte Haarsiebe, Kescher, Töpfchen, Schaufeln aller Art benutzten sie, um dem Teich Wasserproben zu entnehmen, die Kaulquappen enthielten, Frosch- und Krötenlaich.

Agnes war immer gerührt, wenn sie ihre beiden Blondschöpfe am Rand des Teichs hocken sah, die Stumpfnäschen waren so nah wie möglich dem Wasserspiegel zugeneigt, und in der wundersamen Krötenzeit holten sie sich jeder eine Kröte, setzten sie sich auf den Handrücken und suchten den Kröten das Sprechen beizubringen. Als sie spürten, daß die Kröten auf ihren Händen sitzen blieben, auch dann, wenn sie die Hände im Teich unters Wasser hielten, waren sie überzeugt, daß die Kröten auch mit ihnen spielen wollten.

Sie rannten die schmale bemooste Gartentreppe mit dem rostigen Geländer hinauf zu Agnes. »Mama, kuck ma, wie schön krötich die sind, un die wollen gaanich mehr weg von mir«, schrie Hortense.

Und Titus schrie ebenso beglückt: »Von mir auch nich. Die wollen bei uns bleiben!«

Agnes grauste es vor den lehmfarbenen, pockigen Kröten, doch sie erinnerte sich daran, daß in ihrer eigenen Kindheit Frösche sogar aufgeblasen wurden, sie gönnte den beiden ihre glitschigen Kumpels, meinte aber, das mit dem Auf-den-Händen-Sitzen könne auf die Dauer unpraktisch werden, es wäre doch besser, die Kröten wieder in den Teich zu bringen.

Vor den Kindern war jedoch Frau Prinz schon jenseits des Zauns beim Teich angelangt. Sie schrie die Kinder an: »Tierquäler seid ihr, alle beide, ihr könnt nicht spielen, ihr könnt nur unschuldige Tiere quälen, ich rufe gleich den Tierschutzverein an. Sofort tut ihr die Kröten wieder in den Teich!«

Die Kinder kamen zurück zu Agnes, die Kränkung, sie würden Tiere quälen, hatte sie tief getroffen. Sie liebten jede Ameise, jede Schnecke oder Raupe, staunten die Eichhörnchen an oder den Specht, der ratternd auf die Bäume einhackte. »Mama, die hat wieder rübergesagt, daß wir Tierquäler sind. Sind wir Tierquäler?«

»Nein, natürlich nicht. Ihr kennt doch diese böse Frau. Laßt sie schimpfen. Sie tut es, weil sie nun mal nichts anderes kann.«

»Hat die nix zum Aabeiten?« fragte Titus praktisch.

»Nee«, erklärte Hortense, »weil, die is ja doof.«

Am Nachmittag war Lorenz da zum Spielen. Hortense und Titus zeigten ihm die Kröten im Teich. Frau Prinz, die wie ein großer schwerer Schatten im Garten herumhing und ihre Bierzeltlieder pfiff, stürzte sofort wieder auf die Kinder los: »Ihr sollt die Tiere in Ruhe lassen, habe ich gesagt. Geht rein zu eurer blöden Mutter, die kann euch nicht mal beibringen, daß Tiere nicht gequält werden dürfen.«

»Unsere Mama is nich blöd, du bis blöd«, rief Hortense aufgebracht, doch bei der schwerhörigen Prinz hatte sie keine Chance.

Lorenz, der einer solchen Frau noch nie begegnet war, sah Titus und Hortense erschrocken an. »Hat die denn hier was zu sagen?«

»Hat se nich«, sagte Titus wütend.

»Die will der Bestimmer sein, is se aber nich«, bestätigte Hortense.

»Vor der hab ich Angst«, sagte Lorenz beklommen. Er wollte seit dieser Zeit nur noch drinnen spielen, und Titus und Hortense mieden ebenfalls den Garten, wenn die Prinz dort war.

»Ich fühle mich so hilflos«, sagte Agnes zu Matthias, »es nützt ja nichts, wenn ich versuche, die Kinder zu verteidigen. Es macht alles nur schlimmer. Diese Frau läßt kein Gespräch zu, sie pöbelt nur. Das muß man erst einmal aushalten, zwei Jahre lang Tür an Tür mit einer solchen Person – aggressiv, verleumderisch, und das auf dem untersten Niveau. Ich möchte einmal wissen, woher das kommt, was mit der los ist. Es kann doch keinen Menschen geben, der nur böse ist.«

»Natürlich gibt es das«, entgegnete Matthias, »es gibt das Böse in der Welt. Oft sind das Menschen, die sein wollen wie Gott. Die Prinz zeigt so ein Verhalten. Wenn sie auf ihrem Balkon steht und ruft: Ich bin die Beherrscherin der Gärten, wenn sie uns alle disziplinieren will, wenn sie nur akzeptieren will, wie das Leben nach ihrer kleinen Sicht ablaufen müßte, dann zeigt das ihren Machtanspruch, der böse und lächerlich zugleich ist.«

Am Abend hatten die Moldens ein paar Leute zum Essen eingeladen. Weil die Luft so warm und weich in den Gärten hing, der Mond wohlig und rund durch einen sanften Schwaden hinabsah, nahmen alle ihre Gläser und setzten sich hinaus auf die Gartensessel, die Agnes schon bereitgestellt hatte. Agnes und Matthias brachten mit Hilfe von Gesa und Isabel das Dessert nach draußen. Sie sprachen über eine Aufführung des ›Cymbelin‹ in den Kammerspielen, Bonnie hatte gar nicht gespürt, wie die vier Stunden vergangen waren, während ihr Mann nicht mehr gewußt hatte, wie er sich hinsetzen sollte, um wenigstens ein bißchen Zeit durch Schlaf zu überbrücken. Über die Retrospektive Angelika Kauffmann im Haus der Kunst gab es einhellige Begeisterung, und plötzlich hörten sie es quaken. »Habt ihr Frösche im Teich?« fragte Isabel noch leicht irritiert, doch dann wußten sie, daß es die Prinz war, die am Zaun auf und ab strich in ihren schwarzen Röcken und dabei quakte wie ein Frosch. Die Ostens wußten, was mit der Prinz los war, Gesa und Isabel sowieso, aber auch Schneiders hatte Agnes schon aufgeklärt, und Axel und Katja wußten es aus eigener Erfahrung. Als Agnes mit Axel im Garten an einem Referat arbeitete, hatte die Prinz zum Rasenmäher gegriffen und neben ihnen Rasen gemäht, mindestens eine halbe Stunde lang. Da Axel wußte, daß die Frau Agnes nur anpöbeln würde, versuchte er, sie zum Aufhören zu bewegen. Es war überhaupt kein Gras mehr auf dem Boden. Doch auch ihn fuhr die Prinz an: »Sie werden mich nicht von meiner Arbeit abhalten, ich bin schließlich nicht wie die faule Molden, die alles vom Gärtner machen läßt.«

Agnes und Matthias unterhielten sich weiter mit ihren Gästen, man versuchte, die schwarze Gestalt zu ignorieren, die wie ein Derwisch am Zaun herumfuhr, jetzt ins Pfeifen überging, schließlich bellte sie wie ein Hund.

»Wenn ihr alle dabei seid«, sagte Agnes, »dann kann ich auch über sie lachen. Aber wenn ich alleine bin, nur einen Fuß in den Garten setze, dann kreischt sie schon von drüben, daß tatsächlich die faule Molden auch schon aufgestanden sei, und dann fängt sie an zu pfeifen.«

»Wie du das nur aushältst!« sagte Isabel. »Die hätte ich schon längst erschossen.«

»Gäbe es eine elegante Möglichkeit, bei der man straffrei ausginge, hätten wir das auch gemacht«, sagte Matthias.

Bonnie Schneider sah Agnes halb verständnislos, halb mitleidig an: »Und sie ist auch noch so häßlich. Die sieht ja wie ein fetter Frosch aus. Alles wabbelt an der. Also – neben diesem Schreckschuß könnte ich keinen Tag wohnen.«

»Neuerdings schreiben sie Denunziantenbriefe an meine Dienststelle. Das besorgt sie mit ihrer Stieftochter gemeinsam. Sosehr sie sich im allgemeinen beschimpfen, wenn sie uns übel mitspielen können, sind sie sich einig. Sie schreiben zwar kein gutes Deutsch, aber zum Denunzieren reicht es. Die anonymen Briefe waren übrigens mit SS-Runen gezeichnet.«

»Da müßt ihr aber wirklich zur Polizei gehen. Diese

Prinz muß ja im Dritten Reich schon halb erwachsen gewesen sein. Der Geist ist in ihr offenbar noch sehr lebendig.«

»Kommt«, sagte Isabel, nahm ihr Glas und ging zur Treppe. Sie sprach absichtlich laut. »Diese Tante will uns den wunderbaren Sommerabend verderben. Das wird ihr aber nicht gelingen. Leute, wir machen es uns drinnen gemütlich. Solange diese Prinz im Garten ist, stinkt es mir zu sehr.«

»Die ist schwerhörig«, sagte Bonnie bedauernd, »sie hört nicht, was man ihr an den Kopf wirft.«

»Vielleicht hört es ja die reizende Stieftochter, die teilt es ihr dann vielleicht mit.«

»Davon kannst du ausgehen«, sagte Matthias, »die belegt ihre Stiefmutter mit Ausdrücken, die möchte ich lieber nicht wiedergeben.«

»Na, die beiden wissen wenigstens, was sie aneinander haben.«

10

Ingrid Prinz-Papke saß im Wohnzimmer ihrer Stiefmutter über Papieren, die sie für den Leichenbestatter ausfüllen mußte. Mißmutig schob sie den ganzen Packen von sich weg. Sie schaute sich um. Die grün-blau gemusterte Tapete, das Klavier, die unförmigen kalten Ledersessel, der unbequeme, viel zu niedrige Marmortisch mit den Löwentatzen, das Zinngeschirr, die Kredenz mit den Pokalen aus Kristall: diesen ganzen alten Mist würde sie rauswerfen, alles in einen Container, auf Nimmerwiedersehen.

Für einen Moment überkam Ingrid Prinz-Papke ein Gefühl von Freiheit, Erleichterung, Freude. Ihre Stiefmutter konnte sie und Niki nicht mehr bei der Polizei verraten. Es war ein Schock für Ingrid gewesen, als sie Niki in das Babykörbchen gelegt hatte und plötzlich hörte, wie ein Schlüssel in das Türschloß gesteckt wurde. Wer konnte das sein? Berthold? Und wenn schon. Ihm konnte sie jede Lüge auftischen, er hörte doch nicht zu. Nein, es war ihre Stiefmutter gewesen, die den Tag bei ihrer Schwester hatte verbringen wollen und nun viel zu früh heimkam, wahrscheinlich hatte Tante Ellen wieder ihre Migräne bekommen.

In diesem Moment fing Niki an zu brüllen, natürlich, er hatte Hunger. Ingrid rannte in die Küche, um ihm ein Fläschchen zu machen, sie hatte sich in der

Schwangerschaft reichlich mit Babynahrung eingedeckt.

»Was ist das denn für ein Kind, das da schreit?« fragte die Stiefmutter und kam gleich in die Küche gerannt. Sie trug ihre Schirmmütze, den roten Anorak, und ihr Gesicht war hellwach von Mißtrauen und Neugier. Ingrid schüttelte das Milchpulver mit dem heißen Wasser, hielt das Fläschchen an ihre Wange, ging an der Stiefmutter vorüber aus der Küche, eilte die Treppe hinauf zu Niki. Über die Schulter rief sie der Stiefmutter zu, daß es Niki sei, der Sohn einer Freundin, sie habe ihn für ein paar Tage in ihrer Obhut.

Niki lag brüllend in seinem Korb, Ingrid nahm ihn hoch, schob ihm den Sauger in den Mund, den er zunächst wieder rausstieß, zu Ingrids großer Erleichterung aber dann doch reinzog, um mit großer Hast und sichtlichem Behagen seine Flasche leer zu trinken. Er brüllte dann nochmals, und Ingrid ließ ihn aufstoßen, registrierte den Babyrülpser und das schiefe Grinsen mit mütterlichem Triumph. Dann wickelte sie Niki in eine Pampers, und unter ihren behutsamen zärtlichen Hantierungen schlief er schon auf dem Wickeltisch ein. Ingrid hob ihn hoch, atmete den Duft des flaumigen Köpfchens tief und zufrieden ein.

Da stand die Stiefmutter in der Tür. Ihre Miene war hoch dramatisch, so anmaßend und drohend, daß sich Ingrids Nackenhaare aufstellten.

»Ich will wissen, was das für ein Kind ist! Du hast doch gar keine Freundin, die schwanger war. Das wüßte ich doch!«

»Gar nichts weißt du.« Ingrid versuchte das so ruhig und verächtlich wie möglich zu sagen. Es durchflutete sie sogar mit einer heißen Genugtuung, für Niki die Stiefmutter zu belügen, Berthold, den Freunden, den Verwandten, ihrer gesamten Welt wollte sie in Zukunft ein Märchen ums andere auftischen, um ihnen Nikis Anwesenheit begreiflich zu machen. Und sobald es möglich war, würde Ingrid das Haus verkaufen, mit Niki weggehen in ein Land, wo niemand sie kannte, wo Niki einfach Ingrids Sohn war und sie seine Mutter.

Ingrid sah das Baby zum erstenmal genau an. Niki, so hatte sie ihn still für sich getauft, konnte als ein hübsches Baby gelten, er hatte einen ansehnlichen blonden Schopf, babyblaue Augen, die ihre Farbe vielleicht noch ändern würden, seine Backen waren hochrot und die Haut rauh, Ingrid mußte in der Apotheke eine Spezialsalbe für Säuglingshaut besorgen ...

»Ellen und ich haben Nachrichten gehört. Ein kleines Kind ist entführt worden, hier im Viertel, vor dem Laden von Frau Hegemann. Und du willst mir erzählen, daß dieses Baby das Kind einer Freundin ist ...«

Die Stiefmutter kam nah zu Ingrid, die ihre Alkoholfahne roch und fast erbrechen mußte, doch die Angst und das Bemühen um Fassung waren stärker. Ingrid stellte sich wie schützend vor Niki, so daß die Stiefmutter ihn nicht sehen konnte. Doch das wollte Brunhilde Prinz gar nicht. Sie wußte, was sie wußte, und diese neue Situation bescherte ihr einen unverhofften Triumph. Sie hatte Ingrid in der Hand. Man konnte ein Geschäft machen. Ingrid behielt diesen Balg, sie, Brunhilde Prinz, würde zu allem schweigen, wenn Ingrid ihr das Haus überschrieb. Dann konnte sie mit dem Aussiedlerbankert verschwinden, ein Verbleiben in München war ja mit dem gestohlenen Balg ohnehin nicht möglich.

Am liebsten hätte Brunhilde Prinz sich die Hände gerieben. Vorbei die Zeiten, wo sie, abhängig von ihrer Stieftochter, in diesem Haus nur geduldet war. Mein Gott – sie hatte ja immer gewußt, daß diese Ingrid nicht richtig tickte, daß sie verrückt war wie ihr Vater. Der hatte auch immer glücklich werden wollen. Glücklich! So etwas Kindisches. Kein Mensch war auf der Welt, um glücklich zu sein. Man war dazu da, für Ordnung, Sauberkeit und Anstand zu sorgen. Für ein München, das nicht von zugereisten Preußen dominiert wurde, für ein Bayern ohne Asylanten, ohne Neger, Türken und Kosovo-Albaner ...

»Geh jetzt«, sagte in diesem Moment Ingrid. »Der Kleine muß schlafen.«

»Wie du willst«, sagte Brunhilde Prinz süffisant. »Ich lese jetzt meine Zeitung, und nachher reden wir darüber, ob ich die Polizei anrufe oder ob wir zu einer Einigung kommen, du und ich.«

Das war vier Tage her, doch Ingrid fühlte immer noch die ohnmächtige, hilflose Wut in sich, das Gefühl, ihrer Stiefmutter ausgeliefert zu sein, diesem Zerrbild von einer Frau, die in ihrem Leben nichts anderes geleistet hatte, als Ingrid die liebsten Menschen wegzunehmen. Weder Ingrid noch Muck, noch die Polizei hatten sie daran hindern können. Ingrid wußte, ohne Zustimmung der Stiefmutter konnte sie Niki nicht behalten. Eines wußte Ingrid sicher: Ehe sie Niki wieder hergab, würde sie ihre Stiefmutter mundtot machen. Auf welche Weise, das würde sich finden, Ingrid brauchte Zeit zum Nachdenken. Sie ging in die Küche, mixte für ihre Stiefmutter einen Tom Collins, wie sie ihn gerne mochte, mit besonders viel Gin und Limonensaft. Ingrid garnierte mit grimmiger Sorgfalt noch einen Spieß mit Rumfrüchten und steckte ihn in das hochprozentige Gebräu. Sie klopfte, stellte den Tom Collins vor die Stiefmutter, die mit hochgelegten Beinen im Sessel lag und die Zeitung las. Sie ließ die Seiten sinken, ein wenig, und sah Ingrid lauernd-lächelnd an. Ingrid hatte ihre Stiefmutter noch nie so gehaßt wie in diesem Moment. Sie wußte, daß Brunhilde Prinz sie erpressen würde, brutal und rücksichtslos. Sie glaubte, Ingrid sei ihr hilflos ausgeliefert. Sie konnte nicht wissen, daß Nikis Gegenwart schon jetzt Ingrid verändert hatte. Sein Leben war wichtiger als das dieser alten bösen Frau.

Ingrid lächelte ihre Stiefmutter an.

»Hier, Mutter, ein Tom Collins. Den magst du doch gern.«

Mißtrauisch sah Brunhilde Prinz von Ingrid auf den Tom Collins. Ihre Sucht war größer als die Angst. Außerdem glaubte sie, daß Ingrid zu intelligent und gleichzeitig zu blöde wäre, sie auf die Seite zu schaffen. Tückisch lächelte sie zu Ingrid zurück.

»Trink du erst mal einen Schluck. Dann weiß ich, daß du mich nicht vergiften willst.«

Ingrid hielt den Früchtespieß ein wenig weg, dann trank sie einen Schluck und stellte ihrer Stiefmutter ruhig das Glas wieder hin. Brunhilde Prinz beobachtete eine Weile mit einem rätselhaften Gesichtsausdruck, wie Ingrid zum Fenster ging und hinausschaute. Dann drehte sich Ingrid um, sagte spöttisch: »Du siehst, ich lebe noch. Und ich habe die Absicht, noch lange zu leben. Mit meinem kleinen Niki.«

»Dein Niki!« Brunhilde Prinz lachte wiehernd. »Dein Niki. Ein Wort von mir, und du landest im Gefängnis.« Brunhilde Prinz trank genießerisch den Tom Collins.

»Das muß ich dir lassen, den Tom Collins mixt du wunderbar, so krieg ich ihn einfach nicht hin.«

Ingrid ging nahe zu ihrer Stiefmutter, ganz nahe, so daß Brunhilde Prinz etwas wegrückte.

»Mutter«, sagte Ingrid leise, »Mutter, dieses Kind ist mein Sohn. Ob du das begreifst oder nicht, ist mir vollkommen egal. Ich kaufe dir Niki ab. Du kriegst, was du immer wolltest, das Haus. Ich überschreibe es dir, und du hältst dein Leben lang den Mund. Wenn nicht, bringe ich dich um. Ich hab dafür noch mehr Gründe, das weißt du ganz genau. Also – entscheide dich hier und jetzt.«

Brunhilde setzte das leere Glas ab. Fassungslos sah sie Ingrid an. »Du überschreibst mir wirklich das Haus?«

Ingrid nickte. »Sagte ich doch. Du weißt, daß ich nicht schwätze. Also, was ist, bist du einverstanden?«

Das Gesicht der Stiefmutter wurde hell, die Stimme buttrig, gierig: »Aber dann brauche ich auch noch Geld, Ingrid, ich muß das Haus ja auch unterhalten. Und ich verdiene ja nichts.«

Ingrid zog sich einen Stuhl heran, griff nach einem Block und dem Stift, der daneben lag, und begann zu schreiben. »Wir gehen zum Notar, sobald ich einen Termin kriege. Dort legen wir alles fest. Du sollst dich nicht zu beklagen haben.«

Ingrid begann, eine Traueranzeige zu entwerfen. Was sollte sie nur schreiben? Plötzlich und unerwartet? Wäre ganz schön zynisch. Oder einfach nur »Brunhilde Prinz« und dann die Geburtsdaten und den Todestag, Schluß, Ende, Amen. Man sah das oft in den Zeitungen. Darunter könnte dann stehen: Im Namen der Familie. Ingrid Prinz-Papke. Fertig.

Ingrid konnte es immer noch nicht fassen! Richtig schön tot war ihre Stiefmutter. Ihr Ableben war zwar mit Gerichtsmedizin und lästigen Fragen verbunden, aber davon wurde sie Gott sei Dank nicht wieder lebendig. Sie konnte Ingrid weder Niki streitig machen, noch konnte sie ihr das Haus und einen Teil von Mucks Nachlaß abgaunern. Ingrid mußte von ihr nichts mehr befürchten, gar nichts. Jetzt hatte sie einen sicheren Platz für Niki, für ihn würde sie dieses Zimmer einrichten. Hellblaue Wände, die Decke weiß, Wolkenstores mit kleinen Glühlämpchen sollten über seinem weißen Bett eine märchenhafte Stimmung verbreiten. Alles sollte Niki haben, alles, was Ingrid besaß. Er sollte nicht in einem engen, demütigenden Geizklima aufwachsen wie sie selber. Niemals würde sie mit dem Taschengeld knausern, niemals zur Strafe auch nur einen Pfennig abziehen. Wann immer er es wollte, würde Niki ein Eis bekommen, später Geld fürs Kino, fürs Schwimmbad, für die Eisenbahn. Wenn Niki Ski fahren oder snowboarden wollte – sollte er, und surfen, segeln – alles. Ingrid sah ein helles, lebendiges Leben für sich aufschimmern, ein neues, fröhliches Dasein, dessen Mittelpunkt sie und Niki waren. Nur Markenklamotten würde Niki tragen, alles, was die Kinder der Reichen hatten. Und die beste Schule, natürlich, Steiner, Montessori. Ingrid wußte aus den Erzählungen ihrer Kolleginnen einiges über diese Schulformen, sie wußte, daß Elternmitarbeit hier gewünscht, ja gefordert wurde. Ingrids Tatendrang würde ihrem Sohn eine gute Stellung innerhalb der Schule verschaffen. Alles für Niki. Ingrid war so verliebt in den Kleinen, daß sie nur noch ihn sah, immer stärker die Realität verdrängte, die ihr einreden wollte, sie habe das Kind gestohlen. Ein Unsinn war das, schließlich war sie schwanger gewesen, die aufregendste Zeit ihres Daseins hatte sie als werdende Mutter verbracht. Ingrid ließ sich immer wieder in ihre Erinnerungen daran zurückgleiten, so daß die acht Monate ihrer Schwangerschaft wieder lebendig vor ihr erschienen. Im dritten Monat hatte sie bei Berthold auf die Hochzeit gedrängt, doch er war ablehnend gewesen. Er wolle kein Kind, habe kein Kind geplant, schließlich war er richtig zornig geworden: »Du kannst dich nicht einfach zu meiner Freundin ernennen und dann noch einen Vater aus mir machen.«

O doch. Ingrid konnte. Sie fuhr nach Bad Tölz, zur einzigen Tante Bertholds, Seffi, einer Schwester seiner Mutter. Ingrid brachte Blumen und Konfekt, lud Tante Seffi zum Essen in ein gutbürgerliches Lokal ein, wo man derart verstellt bayerisch kochte, daß die Tante vorschlug, den Kaffee lieber bei ihr daheim einzunehmen. Das war Ingrid natürlich mehr als recht. In dem kleinen gemütlichen Zimmer der Tante schüttete sie ihr das Herz aus, weinte schließlich, und ihre Tränen waren sogar echt, denn sie hatte begonnen, von ihrer früh verstorbenen Mutter zu reden, vom Vater, vom Bruder, beide tot. Ingrid sah Tante Seffi in das gutmütige Apfelgesicht, sah Mitleid darin, aber auch Pfiffigkeit, und da kam schon das Resümee von Tante Seffi: »Gell, Madl, und damit möchtest den Bertl jetzt a bissl erpressen, obwohl der ja garnix dafürkann.« Ingrid nickte stumm und ergeben, denn so begriffsstutzig war sie nicht, um nicht zu spüren, daß sie Tante Seffi unterschätzt hatte.

Trotzdem mußte Tante Seffi auf Berthold eingewirkt haben, denn irgendwann ließ er sich doch herbei, Ingrid aufs Standesamt zu führen. Ingrid spürte, daß Berthold seine Eheschließung völlig anders erlebte als sie selber. Nicht als Triumph, sondern als Niederlage. Gern hätte sie Mitleid mit ihm gehabt, aber als sie sah, daß Berthold sich nach dem Zeremoniell ohne einen Kuß von ihr abwandte, als sie seine innere Abwesenheit bemerkte, schaute sie ihm zu wie einem Fremden.

Berthold fühlte sich, als begleite er lediglich jemanden zum Standesamt, er betrachtete die anderen Hochzeiter, die dort ebenfalls warteten, bis die Urkunden geprüft waren, sah Paare, die abgewiesen wurden, weil die Papiere nicht stimmten, und haderte mit sich, weil man auf ihn völlig problemlos Zugriff hatte. Wenigstens schaute er sich die fremden Bräute an, war verwundert und seltsam getröstet, daß keine Drew und keine Cameron dabei waren, alle schienen so fremd und beziehungslos dazusitzen wie er selber. Komisch. Wieso strahlten die nicht vor Glück? Säße Berthold hier mit Drew Barrymore, Himmel, das ganze Standesamt würde er auseinandernehmen, in Champagner ertränken, Drew und er würden vor lauter Küssen nicht dazu kommen, mit den Beamten zu reden, aber wenn sie Drew sähen, o Mann! Die würden ihn verstehen!

Dann war die Trauung vorbei. Berthold hatte darauf bestanden, daß nur Wolfgang vom »Werkstattkino«, sein Trauzeuge, dabeisein durfte, Ingrid hatte Emilie Koch gebeten. Sie gingen zum Essen ins »Ruffini«, Ingrid fuhr bald Emilie nach Hause, die sich nicht wohl fühlte. Berthold und Wolfgang hatten sich mit einem trockenen Weißen reichlich innen benetzt, und Wolfgang versuchte Berthold zu trösten, daß vielleicht alles halb so schlimm sei mit der Ehe.

»Du kommst zu uns wie bisher – was soll sein.«

»Du kennst meine Schwiegermutter nicht. Meine Stief-Schwiegermutter«, sagte Berthold, und er mußte sich bemühen, diese schwierigen Wörter zu artikulieren. Er versuchte dann, Wolfgang zu erklären, warum er Ingrids Stiefmutter mehr haßte als jeden anderen Menschen, den er kannte.

»Stell dir vor, als die gemerkt hat, daß Ingrid schwanger ist, hat die zu mir gesagt, daß mein Leben nun doch noch einen Sinn bekomme, daß ein Mann zu nichts nütze sei, wenn er nicht ein Haus gebaut, einen Baum gepflanzt und ein Kind gezeugt habe. Am liebsten hätte ich ihr meine Faust aufs Maul gehaun, dann wäre ihr klargeworden, daß ich sehr wohl noch zu was anderem nützlich sein kann.«

»Könnt ihr die denn nicht loswerden?« fragte Wolfgang teilnahmsvoll.

»Ingrid sagt, daß die Alte kein Geld hat, von der Verwandtschaft will sie niemand, im Grunde kann die nirgends hin, dabei spielt sie sich auf, als gehöre ihr das Haus, als seien alle von ihrer Gnade abhängig.«

Wolfgang grinste schief in sich rein, und Berthold wollte wissen, was ihn derart amüsiere. Er habe unlängst in Stuttgart einen Unfall gesehen, sagte Wolfgang, und er nahm noch einen gehörigen Schluck Wein, einen gräßlichen Unfall eigentlich, aber wenn er denke, es habe Bertholds Stiefmutter getroffen, finde er das außerordentlich praktisch.

Berthold wollte Näheres wissen, und Wolfgang erzählte, daß ein Laster eine Telefonzelle überrollt habe, in der Zelle habe gerade eine sehr dicke Frau telefoniert, und Wolfgang habe sie in der platt gemachten Zelle liegen sehen: »Du hast direkt das Fett unter der Haut gesehen, das schiere Fett. Und sie war tot. Sehr tot.«

Wolfgang sah Berthold erwartungsvoll an, und Berthold war sofort bereit, sich seine Stief-Schwiegermutter in einer Telefonzelle vorzustellen, von einem Laster überrollt.

»Ich hab da keine Chance«, sagte Berthold resigniert, »wie soll ich die in eine Telefonzelle kriegen, sie hat ja ein Handy, und das trägt sie immer bei sich, weil sie ständig Leute anruft, um die Nachbarn auszurichten. Sie hat einen krankhaften Haß auf alles, was nicht bayerisch ist. Ständig schreit sie in ihr Handy, daß die Preißn sich aus Nymphenburg schleichen sollen. Das ist ihr *Om mani padme hum,* ihre Gebetsmühle.«

»Dann paß aber auf«, sagte Wolfgang ernsthaft, »dann paß aber auf, daß die dein Kind nicht vergiftet. Wenn die den ganzen Tag auf so ein Wurm einschwallt, lernt der ja nichts anderes.«

»Mit Ingrid hat sie das geschafft, das ist mir inzwischen klar. Aber mein Kind packt die nicht an, das garantier ich dir«, sagte Berthold feierlich.

Wolfgang nickte bestätigend und goß Berthold nochmals Wein nach. »Ich hätte da noch eine Idee, wie du deine Schwiegermutter loswerden könntest.«

»Erzähl«, sagte Berthold, und die beiden steckten die Köpfe zusammen.

11

»Na – jetzt bist du ja auch endlich von der Straße weg.« So hatte eine Kollegin Ingrid zur Hochzeit gratuliert, und Ingrid hatte es großzügig hingehen lassen, obwohl ihr die Bemerkung nicht paßte. Das hörte sich ja an, als habe sie froh sein müssen, einen abzukriegen. Insgeheim war Ingrid selber erstaunt, wie steinig der Weg zum Standesamt gewesen war. Das war jetzt aber ausgestanden, und Ingrid fühlte sich, eigentlich zum erstenmal nach Mucks Tod, wieder komplett. Sie war jetzt Ehefrau, trug einen Doppelnamen, obwohl ihr Papke nicht so sonderlich gefiel, Papke, Papke, na ja, es gab Schlimmeres.

Vor allem aber war Ingrid schwanger. Erst im dritten Monat, aber sie hätte am liebsten ein Kissen in ihre Röcke gesteckt, daß es auch jeder sähe. Sie ließ im Büro alle teilhaben an ihrer morgendlichen Kotzerei, ihr Chef tolerierte das auch einige Tage recht gutmütig, aber dann verlangte er, daß man wieder zur Tagesordnung übergehe. Auch die Kolleginnen, bis auf eine selber Mütter, bemühten sich nicht länger als drei Tage um Fürsorglichkeit. Schließlich hatten sie alle diesen Zirkus mitgemacht, kein Hahn hatte nach ihnen gekräht, es war auch am besten, man vergaß es. So gingen sie einfach darüber hinweg, wenn Ingrid mittels der Schwangerschaft schwächeln wollte.

Berthold, der sich leider nicht sonderlich für Ingrids Zustand interessierte, mußte unbedingt mehr einbezogen werden. Er sollte Ingrid zum Gynäkologen begleiten. Alle Väter täten das, behauptete Ingrid. Die Praxis war voll besetzt mit Frauen, schwanger oder auch nicht, unter denen Berthold sich ziemlich blöde vorkam, weit und breit war kein werdender Vater zu sehen, und Berthold war sofort entschlossen, sich künftig ebenfalls zu verweigern. Der Gynäkologe beschied Ingrid munter und beruhigend, daß alles in Ordnung sei, und Ingrid war empört. Der sei unsensibel, da fühle sie sich nicht in guten Händen. Beim nächsten, einer Frau, mußte Ingrid auch völlige Ignoranz ihrer besonderen Situation gegenüber feststellen, beim dritten Arzt streikte Berthold, und Ingrid ging schmollend allein hin. Da habe er jetzt aber etwas verpaßt, erklärte ihm Ingrid nachher hoch zufrieden. Der Arzt habe sie auf viele mögliche Komplikationen aufmerksam gemacht, vor allem auf das HELLP-Syndrom. Das solle sich Berthold einmal vorstellen.

»Was ist denn das schon wieder?« wollte er mürrisch und eher anstandshalber wissen, und Ingrid erklärte ihm atemlos, daß das eine schwere Form der Schwangerschaftsvergiftung sei.

»Da steigt der Blutdruck sonstwohin, du kriegst Krampfanfälle. Das Kind kann sterben.«

Ingrid sah Berthold erwartungsvoll an, doch der mußte das erst einmal für sich sortieren. Sie war die erste schwangere Frau in seiner näheren Umgebung. Natürlich kannte er Schwangere, aber die waren eben schwanger, und dann kam irgendwann das Kind. Basta. Vom HELLP-Syndrom hatte er noch nie gehört. Wollte er eigentlich auch gar nicht. Doch Ingrid malte ihm aus, daß sie doch so extrem viel erbrochen habe, da könne einfach nicht alles gutgehen und der Arzt sei da völlig ihrer Meinung.

Auch in den Nächten mußte Berthold intensiv an Ingrids neuer Schlaflosigkeit teilhaben. Sie rollte und ächzte sich neben ihm durch die Nacht, und Berthold fühlte sich anfangs wie ein Schwein, wenn er auch nur wegduselte. Genauso war es in Ingrids Sinn, und da einer, der den anderen systematisch um seinen Schlaf bringt, sich nicht gerade beliebt macht, hatte Berthold schon recht bald Ingrid mitsamt ihrer strapaziösen Schwangerschaft satt. Er drehte sich einfach herum und schlief weiter, mochte Ingrid noch so anschaulich neben ihm die Leiden ihres Zustands demonstrieren. Fassunglos über die Gefühlskälte Bertholds, schrie Ingrid ihn schließlich an, daß es doch auch sein Kind sei, das ihr so zu schaffen mache.

»Leider«, sagte Berthold ehrlich, und das blieb lange Zeit das letzte Wort zwischen den werdenden Eltern.

Berthold wünschte sich inbrünstig, nicht Vater zu werden, und sein Kind zeigte Einsehen. Wahrscheinlich hatte es die nächtlichen Diskussionen zwischen seinen Eltern bis in den Uterus hineinschwallen hören, und daher verzichtete es lieber auf dies Elternpaar. Wenn ihm als Embryo schon so viel zugemutet wurde, was sollte dann da draußen auf ihn warten? Den Vater hätte man sich vielleicht noch hinbiegen können, aber die Mutter! Und dann gab es noch diese Stiefmutter. Die pfiff und brüllte so laut, daß er es bis in seine schöne ruhige Uterushöhle hinein hörte. Bei der würden sie ihn vielleicht abstellen, wenn der Vater in sein »Werkstattkino« wollte und die Mutter zum Winterschlußverkauf. Bloß nicht. Er wollte weder Kind noch Stiefenkel im Hause Prinz-Papke werden.

Als Ingrid nach einer Fehlgeburt Anfang des achten Monats aus der Klinik entlassen wurde, war sie davon überzeugt, daß die Welt ungerecht und sie in allem und immer benachteiligt worden sei. Warum hatte sie geheiratet, wenn sie doch kein Kind bekam? Keines mehr bekommen konnte. Alle Frauen um sie herum hatten Kinder, redeten unentwegt über diese Kinder, über ihr Sauberwerden, die ersten Zähne, ihre Schulnoten, ihre Krankheiten, ihre Witze, die meistens nur blöde waren, und Ingrid fragte sich erbittert, warum sie sich in Zukunft diesen Mist anhören sollte, wenn sie keinen eigenen beizusteuern hätte. Im Schwabinger Krankenhaus waren viele Ausländerfrauen, vor allem Türkinnen, auf der Entbindungsstation gewesen. Als sie mitbekamen, daß Ingrids Baby nicht gelebt hatte, trösteten sie sie. »Du bald neue Baby, ganz dick, viele Kilo.«

Die Ärzte sagten das Gegenteil, und Berthold murmelte auch etwas, was wie »mit mir nicht mehr« klang. Noch nie war Ingrid so ernüchtert gewesen. Die Romane, die sie kannte, die vom alles übersteigenden Mutterglück sprachen – scheiß drauf. Sie glaubte an nichts mehr. Ingrid ließ die Ehepaare ihres Bekanntenkreises vor ihr geistiges Auge hintreten, die Pfisters, die Blechschmitts, die Wallmanns – wer war denn von denen auch nur zufrieden, bitte schön? Man besuchte einander, um nicht in Langeweile zu ersterben, man lobte die rote Grütze und den butterweichen Tafelspitz, sprach über den Urlaub, über die teuren Lebenshaltungskosten, sprach darüber, was man alles geleistet habe, leiste, und noch leisten werde im Gegensatz zu gewissen Schmarotzern, denen das Sozialamt alles in den Hintern schiebe, was die Einheimischen verdienten. Ingrids Freunde beneideten Ingrid von Herzen um das Haus in der teuren Gegend, nicht der alte Schuppen war was wert, aber der Grund, oho, der Grund in Nymphenburg, das kesselte. Heute pfiff Ingrid auch darauf. Wenn sie kein Kind hatte, sah sie nirgendwo mehr einen Sinn.

Dann saß auch noch die Stiefmutter an ihrem Bett, zog den Schleim hoch aus den tiefsten Tiefen ihrer Lunge, damit konfrontierte Brunhilde Prinz ständig ihre Umgebung, offenbar hatte sie das in der feinen Familie gelernt, aus der sie kam. Ingrid war heute so krachend schlechter Laune, daß sie ihre Stiefmutter am liebsten aus dem Zimmer gewiesen hätte. Aber nein. Sie hörte sich an, wie die Stiefmutter darüber sinnierte, daß Berthold von Anfang an nicht der richtige Mann für Ingrid gewesen sei, ein stellvertretender Filialleiter heiratet ein in die traditionsreiche Nymphenburger Familie – so etwas kann einfach nicht gutgehen, sie habe Ingrid ja gewarnt, aber Ingrid sei ja nicht zugänglich gewesen, und dann so rasch schwanger.

Ingrid sah in das fettige Gesicht, sah die Häme, die hinter dem öligen Grinsen kaum verborgen war. Wie ein dicker Schneemann, aus vielen unförmigen Teilen plump zusammengesetzt, hockte die Stiefmutter an ihrem Bett. Ingrid wußte, die gönnte ihr von ganzem Herzen genau das, was passiert war. Irgendwann bringe ich sie um, dachte Ingrid kalt, ich bringe sie um!

Ingrid fragte sich auch, ob es sich gelohnt hatte, Berthold einzufangen. Er besuchte sie, weil er es wohl für passend hielt, er drückte ihr Blumen und Konfekt aus seinem Supermarkt in die Hände, und dann war er froh, wenn er wieder loskam. Ingrid fand Berthold inzwischen ebenso langweilig wie sich selber, und sie begann langsam, aber ohne sich dagegen zu wehren, ihn dafür zu hassen, daß er sie nicht erlöst hatte von der ewigen Zurücksetzung in der Steuerkanzlei, wo sie die Einnahmen und Ausgaben der dusseligen Mandanten addieren mußte und hinterherrennen, wenn wieder nicht alles vollständig abgegeben war. Berthold erlöste sie auch nicht vom abendlichen müden Hinsinken vor der Glotze, schließlich mußte Ingrid sich um die Wäsche kümmern, ums Kochen und um die Putzerei. Die Stiefmutter nahm ihr nichts davon ab. Es gab kein Thema, über das Ingrid mit Berthold hätte reden können, nicht mal jammern über das teure Leben konnte sie, denn er brachte so ziemlich alles aus dem Supermarkt mit, was sie brauchten. Trotzdem langte das Geld nicht, das Haus verschlang viel für die Instandhaltung, den Außenanstrich, ein neues Dach. Und das Erbe von Muck würde Ingrid nicht angreifen, niemals. Urlaub machen konnten sie höchstens in der Rhön, in einem kleinen, unkomfortablen Haus, das Emilie Koch von ihren Eltern geerbt hatte, in dem Berthold und Ingrid sich noch mehr miteinander langweilten als daheim. Ingrid wurde schließlich richtig aggressiv, weil Berthold ihr nicht beim Anschüren des Ofens, beim Wasserholen oder beim Abspülen half.

Ingrid wünschte sich ein anderes Leben, ein ganz anderes. Sie hätte es niemals zugegeben, auch heute nicht, wo sie tabula rasa machte mit ihrem Leben, auch heute hätte sie nicht zugegeben, daß sie sich ein Leben wünschte, wie es die neuen Nachbarn lebten, diese Moldens, die zwei teure Autos fuhren, ständig verreisten, Ingrid erfuhr es über die Tinius oder die Schierl, daß sie oft in die USA reisten, im Sommer nach Sardinien flogen und und und. Die Moldens hatten häufig Gäste, und sie gingen ständig aus, in Abendkleid und Smoking, aufs Filmfest, zum Neujahrsempfang, überallhin, wo die Papkes niemals hinkommen würden.

Ingrid haßte eigentlich nur die Molden, ihren Mann nicht, den hatte sie früher sogar sehr gemocht. Ingrid dachte nicht gern an die Zeit, als Matthias Molden noch allein im Nachbarhaus gelebt hatte. Er stellte sich, wohlerzogen wie er war, nach seinem Einzug bei Familie Prinz vor. Damals, vor ungefähr sechs Jahren, war Ingrid ja auch noch nicht verheiratet gewesen. Sie war gerade aus dem Büro gekommen, als Molden, Blumen in der Hand, bei ihnen klingelte. Er sei der neue Nachbar, wolle sich gerne vorstellen. Er mochte wenig älter als Ingrid sein, war höflich, wirkte aber teilnehmend und herzlich. Ingrid hätte ihm am liebsten sofort ihr Leben erzählt. Aber da war die Stiefmutter gekommen, hatte den Gast hereingeführt, die Unterhaltung wie immer an sich gerissen. Doch Ingrid war an diesem Abend so vergnügt wie lange nicht gewesen. Die früheren Nachbarn hatten angedeutet, daß Molden keine Familie, aber wohl eine zerbrochene Ehe hinter sich habe. Ingrid hörte das sehr gerne. Hier gab es jemanden zu betreuen, zu bedauern, jemanden, der vielleicht noch weniger glücklich war als sie selber.

Morgens ging er sehr früh aus dem Haus, abends kam er spät zurück. Ingrid paßte ihn möglichst oft ab, sah, wie er mit seinem in sich gekehrten, melancholischen

Gesicht dem Auto entstieg, die Tür aufschloß und ins Haus ging.

»Der würde dir wohl gefallen«, sagte die Stiefmutter eines Abends, und Ingrid erschrak, denn die Stiefmutter war unbemerkt dicht hinter Ingrid getreten, und ihre Anspielung traf Ingrid tief, sie schämte sich, daß die Stiefmutter ihre Gedanken erriet. »Der würde zu dir passen, das ist ein Heilpraktiker mit einem guten Auskommen, zwar nicht Akademiker wie dein Vater, aber einen Akademiker kann auch nicht jede Frau verlangen«, fuhr die Stiefmutter fort und tat so, als sähe sie nicht Ingrids wütendes, peinlich berührtes Gesicht.

Und doch. Ingrid gewann Lust am Hoffen. Sie suchte sich Kochrezepte aus für Singles, brachte dem neuen Nachbarn appetitliche Snacks, lud ihn, unterstützt von der Stiefmutter, zum Samstagfrühstück ein, zum abendlichen Grillen. Ingrid schaffte sich neuen Lidschatten an, ließ sich das Haar kürzer schneiden, benutzte Wimperntusche und Parfum. Die Stiefmutter trompetete leutselig, daß Herr Molden im Hause Prinz jederzeit willkommen sei.

Es war an einem Sonntag. Ingrid hatte gerade mit einem seltsamen Glücksgefühl die am blauen Himmel rasch vorüberziehenden Wolkenschwaden über den Gärten beobachtet und sich überlegt, ob sie Matthias Molden nicht zum Brunch herüberbitten solle, da küßte der neue Nachbar in seinem Garten eine Frau. Frau Prinz senior hatte den Kuß von ihrer im ersten Stock gelegenen Wohnung aus gesehen, und sie kam polternd herunter zu Ingrid, wollte wissen, ob sie das Unerhörte auch gesehen hatte. Die Stiefmutter fand diesen Kuß im nachbarlichen Garten derart sittenwidrig, daß sie mit rasselndem Geräusch eine Menge Schleim nach draußen beförderte. Das küssende Paar im Nachbargarten fuhr erschreckt herum, da begann Frau Prinz senior auch schon zu pfeifen, hoch und schrill und laut, und als das Liebespaar sich wieder einander zuwandte, eng umschlungen vom Garten zurück ins Haus ging, sagte Frau Prinz, daß dieser Molden unverantwortlich sei. Die Frau sei ja höchstens achtzehn und keinen Tag drüber.

Von diesem Tag an fanden die beiden Prinzschen Frauen, die bislang nichts als Widerwillen gegeneinander gespürt hatten, im Haß gegen die unbekannte junge Frau im Garten, die sich den Nachbarn an Land gezogen hatte, zueinander. Mit einem Kuß hatte diese Frau die Hoffnungen zerstört, die im Hause Prinz wenigstens einige Wochen lang für eine gewisse Hochstimmung gesorgt hatten. Während Ingrid wieder in die nörglerische, freudlose und muffige Lebensstimmung eintauchte, die ihr normalerweise eigen war, bekam ihre Stiefmutter Auftrieb für täglich neue Vorstellungen am Gartenzaun, mit denen sie den neuen Nachbarn ihre Verachtung demonstrierte.

12

Nach und nach hatte Kommissar Kemper dies erfahren. Vor ungefähr sechs Jahren war das gewesen. Wenn auch Ingrid Prinz-Papke sich nur ungern über das Vergangene äußerte, hatte Kommissar Kemper doch genug gehört, um die Stieftochter der Toten als mögliche Täterin in Betracht zu ziehen. Der nie geklärte Tod ihres Vaters, die Verzweiflungstat des Bruders, das mußte starke Aggressionen in Ingrid Papke aufbauen, die jederzeit ausbrechen konnten. Seine Gespräche mit Berthold Papke hatten Kemper gezeigt, daß auch Papke keineswegs harmlos war. Die Kollegen würden ihn wegen der Toten im Kanal noch eingehend verhören. Und Kemper mußte dringend mit Agnes Molden reden. Schließlich war sie die einzige, die zur Tatzeit daheim war, praktisch nebenan. Die Alibis von Ingrid Papke und ihrem Mann waren zwar nicht ganz hieb- und stichfest, bedurften noch der eingehenden Überprüfung, aber es waren bis dahin Alibis.

Kommissar Kemper klingelte, und als Agnes Molden ihm die Tür öffnete, konnte er unschwer erkennen, daß sie nicht erfreut war, ihn zu sehen. Das war nichts Neues für Kemper, er kannte wenige Leute, die über seinen Besuch froh waren, und so ging er an Agnes Molden und einer albernen Skulptur vorbei, die im Eingang stand und über die er sich ärgerte, weil er sie, weitsichtig wie er war, beim ersten Besuch für eine elegante junge Frau gehalten hatte.

Immerhin war Agnes Molden wohlerzogen genug, ihn in einen gemütlich wirkenden Wohnraum zu führen, wo sie ihm einen Sessel anbot. Offenbar mochte sie ihre Musik gern laut. Kemper gefiel, was er hörte, diese Art Musik war ihm völlig unbekannt, er bemühte sich, zu verstehen, was ein Rapper und zwei äußerst stimmgewaltige Mädchen von einer vermißten Katze und über die globale Klimakatastrophe mitzuteilen hatten.

»Das ist ja klasse!« entfuhr es Kemper, und Agnes Molden sah ihn erstaunt an. »Wirklich?« fragte sie gedehnt, und Kemper wußte, daß er in ihren Augen ein alter Sack war, der unmöglich Hip-Hop gut finden konnte.

»Der Song heißt ›I love New York‹ – möchten Sie etwas trinken?« fragte sie übergangslos, aber nicht unfreundlich. Kemper hatte heute offenbar einen besseren Tag erwischt als beim ersten Mal. Er sah, daß Agnes Molden wieder ein sehr kurzes, aufregend enganliegendes Kleid trug. Nach seinen Informationen war sie 28 Jahre alt, seit fünf Jahren verheiratet, Mutter von Zwillingen. Sie hatte nach dem Abitur Sozialpädagogik studiert und arbeitete frei für einen Wohlfahrtsverband. Kemper sah heute, daß sie sehr hübsch war und für ihr Alter ungewöhnlich jung aussah.

Während Agnes Molden in die Küche ging, um Getränke zu holen, musterte Kemper rasch die Bücher im Regal: Gesamtausgaben Goethes, Schillers, Shakespeares, Fontane, Lichtenberg, Rückert, Sophie von La Roche, Klaus Mann, Dostojewski, Bassani, von dem

Kemper unlängst gelesen hatte, daß man ihn entmündigen wollte. Die Moldens waren offenbar literarisch interessiert.

Agnes Molden kam mit einem Tablett zurück, das Interesse Kempers schien ihr zu gefallen, denn ihre Stimme wurde etwas wärmer, als sie sagte: »In meinem Arbeitszimmer habe ich noch mindestens zehnmal soviel Lesestoff. Und jede Menge Fachbücher. Ich möchte am liebsten ständig lesen, von morgens bis abends, nachts, immer.«

»Und wann«, fragte Kemper höflich, »gehen Sie in die Disco?«

»So selten, daß ich manchmal heulen könnte. Der Job – die Zwillinge – ich glaube, ich bin zu früh Mutter geworden. Ich vertrag die Pille nicht. Und jetzt muß ich es ausbaden. Ich glaube, ich erhole mich nie mehr von der Aufzucht dieser Kinder. Manchmal denke ich, daß ich in alle Ewigkeit nur noch für diese Zwillinge da bin, ich werde älter und älter, um mich herum nur noch Kinder-Chaos. Ich gerate völlig in Panik, wenn ich daran denke, daß die beiden bald in die Schule kommen. Dann bin ich wahrscheinlich nur noch im Auto unterwegs, um sie in irgendwelche Förderkurse zu bringen.«

Agnes Molden hatte sich in einen Sessel geworfen, nachdem sie Kemper Wasser und Cola serviert hatte. Kemper dachte, daß sie eigentlich nicht unsympathisch war, jedenfalls schien sie unsentimental, offen und selbstkritisch. Das fand man bei Frauen selten. Jedenfalls bei so jungen. Aber Agnes Molden hatte ja einen ziemlich erdnahen Beruf. Als Sozialpädagogin wurde sie nicht unbedingt mit den Sonnenseiten des Lebens konfrontiert. Kemper hatte erfahren, daß sie sich besonders für Aussiedler einsetzte, das hatte sich herumgesprochen, man bat sie immer wieder um Hilfe.

»Als die Aussiedlerfamilie bei Ihnen war – haben Sie da jemanden in der Nähe des Hauses gesehen, vielleicht jemanden aus der Nachbarschaft?«

»Ach – es geht um das Baby von Winters?»

Agnes Molden wirkte erleichtert.

»Und ich dachte, Sie seien wieder wegen der Prinz gekommen. Glauben Sie immer noch, daß ich etwas mit ihrem Tod zu tun habe?«

Agnes Molden sah Kemper prüfend an, und jetzt fiel ihm auf, daß sie veilchenfarbene Augen hatte. Na wenn schon, deshalb war er nicht hier.

Kemper ging nicht auf die Frage nach dem Fall Prinz ein, er hatte bei seinem Versuch, Ordnung in sein Gedankenwirrwarr zu bringen, an das Weinen des Säuglings gedacht, der angeblich dem Hausmeisterehepaar gehörte, das aber gar nicht im dritten Stock wohnte. Da wohnte Emilie Koch, die frühere Zugeherin der Familie Prinz. Kemper wollte seinen Beruf aufgeben, wenn da nicht ein Zusammenhang bestand.

»Also, Sie haben niemanden auf der Straße gesehen, als die Familie Winter zum Lebensmittelladen ging?«

Agnes Molden dachte nach, schüttelte aber ratlos den Kopf, und Kemper fragte, was die Aussiedler denn bei ihr gewollt hätten.

»Frau Winter ist von ihrem Arbeitgeber betrogen worden. Der stellvertretende Filialleiter des Supermarktes am Rotkreuzplatz, übrigens unser Nachbar Papke, zahlt ihr seit Monaten schon ihren Lohn nicht aus, schickt sie immer wieder weg, auch ihren Mann, oder er läßt sich verleugnen, und da die beiden kaum Deutsch sprechen, wußten sie sich nicht zu helfen. Ihre Nachbarn haben sie an mich verwiesen. Ich habe inzwischen für sie einen Brief an die Geschäftsleitung geschrieben, Papke ist entlassen. Er mußte zugeben, daß er das Geld für sich verbraucht hat. Frau Winter bekommt den ihr zustehenden Lohn jetzt vom Unternehmen nachbezahlt.«

»Und dieser stellvertretende Filialleiter heißt Papke? Sind Sie sicher?«

»Natürlich. Unser Nachbar. Soll ich Ihnen die Korrespondenz zeigen? Der Geschäftsführer hat mich morgens um acht Uhr schon angerufen, hat mich gebeten, nur ja nichts an die Presse zu geben, man werde Papke unverzüglich zur Rechenschaft ziehen. Übrigens – wissen Sie etwas Neues von dem kleinen Winter? Gibt es eine Spur? Die Eltern sind schon völlig verzweifelt.«

Agnes Molden zeigte Kemper eine Zeitung. Auf der dritten Seite Fotos des Aussiedlerehepaares Winter, daneben ein undeutliches Säuglingsbild des entführten kleinen Jungen. Die Zeitung schrieb, daß nach Aussage eines Polizeisprechers nur noch wenig Hoffnung bestehe, das Baby der Familie Winter lebend wiederzufinden. Vor knapp einer Woche sei es im Stadtteil Nymphenburg-Gern vor einem Gemischtwarenladen entführt worden, während seine Eltern drinnen für das Abendessen einkauften. Von den Entführern gebe es keine Spur. Lösegeldforderungen seien bisher weder bei der Polizei noch bei den Eltern eingegangen.

»Die Winters tun mir so leid. Wir haben vor einer halben Stunde noch miteinander telefoniert. Herr Winter glaubt, daß die Polizei den Fall viel schärfer prüfen würde, wenn es sich nicht um das Kind ungeliebter Aussiedler handelte.«

»Das ist albern«, sagte Kemper ärgerlich, »aber in solch einer Situation muß man den Angehörigen vieles nachsehen. Mir will es selber nicht in den Kopf, daß so ein Kind spurlos verschwinden kann. Wir werden sehen ...«

13

Kemper fand Papke wieder im »Werkstattkino«, wo er damit beschäftigt war, ein zugiges Fenster abzudichten.

»Tag, Herr Papke, Sie haben wohl Ihren Beruf gewechselt? »

»Warum nicht?« sagte Papke betont gleichmütig, aber Kemper sah, daß seine Hände, die eine Gummidichtung in die Nut einpassen wollten, zitterten. Kemper glaubte zu riechen, daß eine Alkoholfahne von Papke ausging, war sich aber nicht sicher.

»Wußte Ihre Schwiegermutter davon, daß man Ihnen gekündigt hatte?«

Papke hatte Mühe, nicht von der Leiter zu fallen. Kemper sah, wie er sich festhielt, so fest, daß die Knöchel seiner Hand hell hervortraten.

»Kommen Sie runter, Herr Papke, ich möchte, daß Sie mir die ganze Wahrheit erzählen, nicht nur das, was Sie für richtig halten. Was ist passiert zwischen Ihnen und Brunhilde Prinz?«

Berthold Papke war sich in diesem Moment klar darüber, daß Kommissar Kemper alles wußte, alles. Die Molden hatte es ihm erzählt, sie wollte ihn, Papke, anschwärzen, um von ihrem eigenen Haß auf seine Schwiegermutter abzulenken. Diese Molden – sie war an allem schuld. Sie mußte sich aufspielen als weiblicher Robin Hood, sie hatte ihn im Supermarkt ans Messer geliefert. Die sollte was erleben! Diesem Kemper durfte er seine Wut allerdings nicht zeigen, ihm wollte er nur berichten, was am Montag passiert war. Papke erinnerte sich genau.

Gemeinsam mit einer Dekorateurin hatte er ein Büffet aufgebaut mit echtem Beluga-Kaviar, Hummer und Keta-Kaviar sowie Austern auf Eis. Plötzlich war sein Chef gekommen, kalkweiß im Gesicht. Er zeigte Papke ein Schreiben, das er zunächst gar nicht richtig lesen konnte, weil der Chef so nervös damit herumfuchtelte. Von der Molden war dies Schreiben gewesen, sie schrieb im Namen einer Aussiedlerin, deren Lohn Papke vor Monaten unterschlagen und zum Begleichen seiner Schulden ausgegeben hatte.

Obwohl Berthold Papke immer davon ausgehen mußte, das seine Betrügereien aufflogen, hatte er doch nicht damit gerechnet. Nicht wirklich. Er spürte, wie die Wut in ihm hochkam gegen die Winter, dieses dusselige Geschöpf, das kein Deutsch konnte, nur Kinder in die Welt setzen und sonst nichts. Wie hätte er damit rechnen können, daß sie sich bei einer wie der Molden beklagte? Woher kannten die Winters die überhaupt? Diese verdammte Molden …

Während es in Berthold Papkes Bewußtsein hoch herging, sagte sein Chef kalt, daß Berthold gehen könne, müsse, und zwar auf der Stelle. Seine Sachen werde man ihm nachschicken.

Berthold Papke zog seinen weißen Kittel aus, ruhig wie ein Roboter, er sah nicht seine Schwiegermutter, die, magisch angezogen von den Delikatessen-Sonderangeboten, sich ganz in der Nähe aufhielt. Er hörte auch nicht mehr, wie sie, gespielt besorgt, seinen Chef fragte, ob ihrem Schwiegersohn nicht wohl gewesen sei. Ob er vielleicht zum Arzt gehe.

Im »Werkstattkino« feierten sie Abschied. Das gesamte Kino sollte renoviert werden, vier Wochen würde das dauern, mindestens, und das wollte begossen sein. Als Berthold Papke spät in der Nacht heimkam, empfing ihn seine Schwiegermutter schon in der Diele. Ihr Gesicht triefte förmlich von Genugtuung und Hohn.

»Wo warst du?« rief sie dröhnend. »Du bist ein Betrüger. Wenn du nicht sofort das Geld zurückzahlst, mußt du sogar ins Gefängnis. Nur auf meine Bitte hin sieht dein Chef vorerst von einer Anzeige ab. Doch ich bin sicher, daß dich die Aussiedler anzeigen, dafür sorgt schon die Molden.«

Brunhilde Prinz schrie sich immer mehr in ihre Wut hinein. Sie habe von Anfang an gewußt, daß er zu nichts tauge. Sie wisse inzwischen, daß auch seine Mutter keinen guten Ruf gehabt habe, und nun mache er den alten, untadeligen Namen Prinz, der in Nymphenburg den besten Klang habe, zunichte.

Berthold Papke hörte nicht mehr, was sie noch alles aus sich herausschrie, er behielt nur in seinem benebelten Hirn, daß sie es wagte, seine Mutter zu beschimpfen, seine Mutter, die soviel tausendmal besser war als diese unnütze Mischung aus Arroganz und Einfalt, die sich durch ihr Leben geschnorrt hatte, die nichts konnte, als anderen Menschen übel mitzuspielen.

Mit einem Satz war er bei ihr, stieß ihren fetten Körper so heftig an, daß sie gegen den Rahmen des Garderobenspiegels prallte, mit einem Schrei hinfiel. Berthold setzte ihr nach, packte sie beim Hals und fühlte im selben Moment, wie er zurückgerissen wurde. Es war Ingrid, die vom Lärm aufgewacht war und nun verkündete, daß sie Berthold hasse. »Und ich will, daß du hier verschwindest. Und zwar so bald wie möglich!«

Ohne ein weiteres Wort war Ingrid wieder ins Bett gegangen. Berthold und Brunhilde Prinz standen sich gegenüber wie zwei Kampfhunde, die man getrennt hat – hechelnd von Haß.

»Sie wissen schon«, sagte Kemper zu Papke, »Sie wissen schon, daß Sie fast ein Geständnis gemacht haben. Ich könnte ohne weiteres einen Haftbefehl gegen Sie erwirken.«

»Und wenn schon«, sagte Papke gleichgültig, »denken Sie, was Sie wollen. Sie haben mich schon lange auf dem Kieker. Jetzt soll ich die Frau am Kanal schon umgebracht haben, da kommt es auf eine mehr oder weniger nicht an.«

Kemper sah Papke freundlich an. »Kann es sein, daß Sie zuviel ins Kino gehen?«

Papke erwiderte: »Ich sagte Ihnen doch schon: Denken Sie, was Sie wollen.«

14

Am nächsten Morgen ging Berthold Papke zur U-Bahn-Station Gern. Mit einer gewissen Wehmut sah er, wie Autofahrer zentimeterdicke Hüte von ihren Autos herunterkehrten, die vereisten Scheiben abkratzten. Berthold dachte an seinen BMW, der jetzt in einer anderen Garage stand, einem anderen gehörte, wer weiß wem. Wenn Berthold auch wußte, daß dieser teure Wagen niemals zu seinen Verhältnissen gepaßt hatte, empfand er es dennoch als Unrecht, als Benachteiligung, daß er ihn verkaufen mußte. Es gab ohnehin so viele Leute, die dümmer waren als er, und sie fuhren trotzdem teure Autos und konnten sich Reisen in die ganze Welt leisten. Berthold hatte sich das auch gewünscht, aber je größer seine Wünsche gewesen waren, desto kleiner wurden seine Möglichkeiten. Jetzt schien er ganz am Ende. Keine Arbeit, kein Geld, kein Zuhause. Er wußte, Ingrids Hinauswurf war endgültig, und er war nicht traurig, im Gegenteil. Er mochte Ingrid nicht mehr sehen. Je eher er dieses versiffte Haus verließ, desto besser. Nur wußte er nicht, wie es weitergehen sollte.

Er tat vor sich selber so, als wolle er wie jeden Morgen in seinen Supermarkt fahren. Geld hatte er bis auf vierzig Mark keines mehr, im »Werkstattkino« wurde renoviert, im »Fraunhofer« machten sie erst um halb fünf Uhr am Nachmittag wieder auf. Also würde er bei »McDonald's« am Rotkreuzplatz frühstücken.

Plötzlich sah er unter den Wartenden im U-Bahnhof Gern Agnes Molden. Haß schoß in ihm hoch, würgte ihn schier. Sie war es, die Molden, die für seine elende Situation verantwortlich war. Diese Wichtigtuerin. Sie spielte sich auf als Robin Hood für Aussiedler, sie war schuld, daß ihm im Supermarkt gekündigt worden war. Daß seine Stief-Schwiegermutter ihn hätte erpressen können. Sein Chef im Supermarkt wollte ihn ja schonen, wenn er das Geld zurückzahlte, doch seine Schwiegermutter schonte ihn nicht, sie hatte ihm gedroht, die Polizei zu informieren, wenn er nicht freiwillig aus ihrem und Ingrids Leben verschwinden werde.

Alles das hatte die Molden ihm eingebrockt. Doch nun war sie fällig. Wie praktisch für ihn, die arrogante Rover-Fahrerin begab sich in die Niederungen des Münchner Verkehrsverbunds. Sicher traute sie sich bei dem Schnee nicht ins Auto.

Berthold Papke hatte lange Zeit nicht genau gewußt, warum er die Moldens nicht mochte, sie waren ihm ziemlich gleichgültig gewesen, bis zu dem Tag, als er zufällig sah, wie sie und ihr Mann sich umarmten und küßten. Von Ingrid und ihrer Stiefmutter hatte er mehrfach gehört, daß die Moldens sich nicht anständig benehmen konnten, daß sie aller Welt demonstrieren müßten, wie schamlos sie waren. Berthold hatte es gehört und wieder vergessen, bis er eines Tages aus dem Fenster in den Garten schaute, wo die Molden Kirschen von den tief herunterhängenden Ästen des Baumes pflückte. Unbemerkt von ihr war ihr Mann herangekommen, hatte sie von hinten so überraschend umarmt, daß sie einen kleinen, erschreckten Laut ausstieß und sich zu ihm umwandte. Die in dem nun folgenden Kuß sichtbare Leidenschaft der beiden weckte in Berthold wieder seine Sehnsuchtsträume. Genauso wie der Nachbar seine Frau küßte, mit dieser rechenschaftslosen Hingabe, dem Verschmelzungswillen, mit dieser Kraft und Gewalt und Süße wollte Berthold auch ans Werk gehen. So wie die Nachbarin sich ihrem Mann entgegenbog, so sollte eine andere junge Frau es bei ihm tun, nur noch schamloser, hemmungsloser, glutvoller, denn er würde mit ihr nicht in einem Garten stehen, sie hätten ein Bett, und was für ein Bett sie hätten, dafür würde Berthold sorgen …

Doch nun war alles anders geworden. Die Molden hatte erreicht, daß Berthold nicht einmal mehr seine Träume besaß. Die Leute im »Werkstattkino« würden ihn verachten. KEIN EINLASS NACH BEGINN DER VORSTELLUNG, stand auf dem Schild an der Tür zum Kino. Sie würden ihn nicht mehr einlassen, überhaupt nicht mehr. BIZARR? GROTESK? UNVORSTELLBAR? So stand es ebenfalls an der Tür vom »Werkstattkino«, und die Molden hatte dafür gesorgt, daß alles im negativen Sinn auf Berthold zutraf. Sie hatte ihn aufgespürt, an die Polizei verraten.

Zwischen den Leuten, die auf die U 1 warteten, leuchtete ihre gelbe Lederjacke. »Viel zu gelb für eine anständige Frau«, hatte Ingrid immer gesagt – doch Berthold kam das Gelb sehr zustatten, denn mit dem Lärm auf der Treppe, mit dem eine große Truppe Kinder, wahrscheinlich mehrere Schulklassen, auf den Bahnsteig rannte, war ihm plötzlich klar, was er tun würde.

Zwischen den Schülern und zwei kräftigen Männern, vorn an der Bahnsteigkante, sah Berthold das helle Gelb schimmern, von hinten drängten ihn Schüler und Erwachsene, denn der Zug kam jetzt mit einem bedrohlichen Röhren aus dem Tunnel, Berthold wurde nach vorn geschoben, er selber stieß mit seiner Hand blitzschnell in das matte Gelb, er hörte einen Schrei, viele Schreie, Berthold hörte sich mitschreien, dann trat er mit den anderen Fahrgästen zurück, wie es eine Lautsprecherstimme befahl, und später wußte Berthold nicht mehr, wie er anschließend in die Max-Ernst-Straße gekommen war.

15

Agnes Molden hockte zitternd mit anderen Fahrgästen auf den Metallbänken. Polizei und Notarzt waren verständigt, der Lehrer sprach beruhigend auf die Schüler ein, die an der Treppe zum Ausgang eng aneinandergedrängt standen und auf die Gleise starrten. Der Junge, der vor die U-Bahn gefallen war, trug einen gelben Anorak, es war Agnes aufgefallen, daß der Anorak denselben Ton hatte wie ihre Lederjacke.

»Er hat einen Stoß gekriegt. Von hinten.« Ein Mann sagte es plötzlich leise, aber bestimmt. Fast hätte Agnes entgegnet, daß dieser Stoß wahrscheinlich ihr gegolten habe, sie hütete sich jedoch, ihren grausigen Verdacht preiszugeben.

Als die Sanitäter mit der Bahre aus dem Schacht stiegen, fragten Polizisten Agnes und die anderen Fahrgäste, ob sie etwas Auffälliges bemerkt hätten. Der Mann beharrte wieder darauf, daß er eine Hand gesehen habe, die den Jungen von hinten gestoßen habe. Doch niemand von den anderen hatte das bemerkt, alle waren auf den Zug konzentriert gewesen, darauf, möglichst schnell aus der Kälte in das warme Innere des Wagens zu kommen. Die Polizei bat den Tatzeugen, noch zu bleiben, alle anderen gaben ihre Personalien an und konnten dann gehen. Der U-Bahnhof blieb gesperrt.

Als Agnes, ihre Tasche an der Hand, zum Ausgang hochstieg, war es ihr, als könne sie keinen Schritt mehr gehen, so erschöpft und voller Grauen war sie. Das Herz machte ihr zu schaffen, wie immer, wenn sie in eine Ausnahmesituation geriet. Sie spürte, wie ihr eiskalt wurde, wie das Herz aussetzte, mit rasenden Schlägen wieder begann, um dann erneut zu pausieren, was in Agnes immer wieder Panikzustände auslöste. Sie zwang sich, ihre Stiefel im Schnee präzise voreinander aufzusetzen, sie konzentrierte sich völlig auf ihren Gang, Schritt für Schritt würde sie vorankommen, bald daheim sein, kaltes Wasser über den Puls laufen lassen, Yogaübungen machen. Agnes war sich sicher, daß es Papke gewesen war, der den Jungen vor die U-Bahn gestoßen hatte, und daß dieser Stoß in Wahrheit ihr galt, aus Rache, weil sie seine primitiven Unterschlagungen aufgedeckt hatte.

»Jetzt, wo die Prinz nicht mehr pfeift, fehlt einem fast etwas, nicht wahr?« Frau Tinius riß Agnes aus ihren Gedanken. »Der Kommissar war doch bei Ihnen, Frau Molden. Weiß man schon, wie das passiert ist? Von allein fallen Dachpfannen ja nicht vom Himmel. War das der dunkle Dachdecker mit dem roten Kopftuch? Die Schierl behauptet das immer noch, wie sehen Sie das? Sie haben doch mit den Dachdeckern Kaffee getrunken, Sie müssen die doch kennen.«

Agnes war verblüfft, sie vergaß ihr Herzklopfen, sah Frau Tinius in das hagere Raubvogelgesicht. Diese Nachbarin – sie hätte ihre Großmutter sein können, und so benahm sie sich auch. Es ging Agnes oft gegen den Strich, wie sie von Nachbarn entweder bevormundet wurde oder angefeindet. Diese Tanten sollten sich doch um ihren eigenen feuchten Schmutz kümmern. Aber nein. Sie spionierten ihr nach, taten unheimlich freundlich, vor allem mit den Zwillingen, in Wahrheit aber versuchten sie, alles über die Moldens herauszubringen.

»Woher wissen Sie das mit den Dachdeckern?« fragte Agnes, und Frau Tinius fiel ihr sofort ins Wort, sagte, daß die Prinz das überall erzählt habe. »Kurz bevor das mit den Dachpfannen passiert ist. Da hat die Prinz gesagt, daß Sie mit den Dachdeckern in Ihrem Gartenzimmerchen gesessen und Kaffee getrunken haben. Manchmal sogar zweimal am Tag. Die Prinz hat auch immer rumerzählt, ein Mann wäre Ihnen nicht genug, Sie hätten oft Männer zu Besuch, wenn Ihr eigener Mann nicht daheim ist.«

Frau Tinius sah Agnes erwartungsvoll an, doch Agnes war an die üble Nachrede von Frau Prinz gewöhnt, und da die Tinius mit ihrem Geschwätz sie ablenkte von ihrer Nervosität und von dem Gedanken an den Angriff Papkes in der U-Bahn-Station, blieb sie bereitwillig noch eine Weile mit ihr am Gartentor stehen und hörte sich die neuesten Nachrichten aus der Max-Ernst-Straße an.

16

Berthold Prinz-Papke holte eine große Reisetasche aus dem Keller. Seit er die Molden unter die U-Bahn gestoßen hatte, fühlte er sich sorglos und frei. Durch die Molden hatte er seine Existenz verloren, und dafür hatte er sich gerächt. Jetzt war ihm wohler. Einer von den Moldens mußte auch seine Schwiegermutter auf dem Gewissen haben. Die hatte in ihrem blinden Haß ständig neue Geschichten über die Moldens erzählt. Daß er bei einer Frau eine Katzenallergie nicht erkannt habe. Daher sei die Frau erstickt, aber ihm habe keiner was getan. Der könne weiter seinen Jaguar fahren. Und seine Frau, dieses junge Ding. Die habe doch nur fremde Männer im Kopf.

Berthold konnte sich schon vorstellen, daß die Moldens seine Schwiegermutter satt hatten. Daß sie ihr einen Denkzettel geben wollten. Und da hatten sie eben die Gelegenheit ausgenutzt. Schließlich war das Haus der Moldens eingerüstet, Dachpfannen lagen überall rum, die Jungs wurden einfach nicht fertig mit dem alten Dach. Berthold hatte seine Mutmaßungen gestern dem Kemper erzählt. Der Trottel glaubte doch tatsächlich, er, Berthold, habe seine Schwiegermutter umgebracht.

Berthold Papke war sicher, daß dieser scheinheilige Molden, der Ingrid früher mal den Kopf verdreht haben mußte, die Dachpfannen auf seine Schwiegermutter geworfen hatte. Wegen der jüngsten Verleumdung, die ihm ganz schöne Scherereien eingebracht hatte. Einen dicken Prozeß hatte es gegeben, weil seine Schwiegermutter die Familie der Toten gut kannte und sie gegen den Molden aufgehetzt hatte. Da hatte er es ihr heimgezahlt.

Papke mußte lachen. Molden konnte nicht wissen, daß er damit Papke und auch Ingrid einen großen Gefallen getan hatte.

Ach Gott, Ingrid, die dumme Kuh. Er hatte sie völlig vergessen. Flüchtig dachte Papke, daß sie sich dieses Aussiedlerkind hatte klauen müssen, sie war wohl langsam verrückt geworden nach der Totgeburt. Natürlich war ihm nicht entgangen, daß die Alte sie ertappt hatte, er war, in der Diele stehend, schließlich Zeuge geworden, wie die Alte Ingrid mit der überlauten Stimme der Schwerhörigen bedrohte, sie erpreßte.

Vielleicht hatte ja auch Ingrid die Dachpfannen auf ihre Stiefmutter geworfen. Auch das hätte Berthold verstanden. Ihm war es gleichgültig, die Polizei würde es irgendwann herausfinden. Oder auch nicht. Es sollte ja viele perfekte Morde geben. Nur die Polizei erzählte immer was anderes.

Papke schloß die Reisetasche. In Ingrids Schreibtisch waren noch vierhundert Mark gewesen, sie mußte ziemlich durcheinander sein, daß sie soviel Geld offen im Schreibtisch liegenließ. Für einen Moment dachte Papke mißmutig, daß Ingrid jetzt ziemlich viel Geld zur Verfügung hatte. Eigentlich gehörte ein Teil davon ihm. Sie hatten keinen Ehevertrag, keine Gütertrennung. Außerdem hatte Papke inzwischen in dem Kästchen gekramt, das aus dem Nachlaß seiner Mutter stammte. Er fand sofort das Foto, das sie ihm früher einmal gezeigt hatte.

»Alles Liebe, immer Dein Richard« stand darauf, und der Mann hatte Richard Prinz, Ingrids Vater, verdammt ähnlich gesehen. Er würde das Bild gut aufheben. Papke wußte, daß nach neuer Gesetzgebung auch uneheliche Kinder erbberechtigt waren.

Später einmal, sagte sich Berthold Papke, später werde ich es Ingrid zeigen, meiner Halbschwester. Papke lachte leise in sich rein. Wahrscheinlich war er ihr bei dem öden weißen Fest in der »Max-Emanuel-Brauerei« nur deshalb aufgefallen, weil er ihrem Vater und ihrem Bruder ähnlich sah. Wieder mußte Papke in sich reinlachen. Nie hätte er gedacht, daß sein Aussehen ihm einmal etwas nützen könnte. Aber hier brachte es ihm Bares, nicht zu knapp. Entweder gab Ingrid ihm freiwillig seinen Anteil, oder er würde es einklagen. Das Haus hier war eine Menge Geld wert, einen Pflichtteil mußte er wenigstens kriegen.

Ich rufe mir ein Taxi, dachte Papke spontan. Dann verwarf er diesen Gedanken wieder. Selbst mit den gefundenen vierhundert Mark mußte er gut haushalten. Er würde zum Romanplatz laufen, dort in die Tram steigen, zum Bahnhof fahren. Wenn die Polizei überhaupt drauf kam, daß er etwas mit dem Tod der Molden zu tun hatte, und daran glaubte Papke ohnehin nicht, aber wenn – dann wäre er längst über Österreich in Ungarn oder irgendwo sonst.

Vorsichtig schaute Papke aus dem Fenster, er sah, daß die Max-Ernst-Straße in beiden Richtungen leer war. Zufällig fiel sein Blick auf das Nachbarhaus, und er sah Agnes Molden, die sich soeben freundlich von Frau Tinius verabschiedete und ins Haus ging. Es war Berthold Papke, als stoße ihm jemand ein Messer in den Bauch.

17

Agnes Molden ging noch im Mantel zum Telefon, das in der Diele an der Wand hing. Sie wählte rasch und mit immer noch zittrigen Fingern.

»Glauben Sie mir, Herr Kommissar, das war ein Anschlag auf mich. Ich habe Papke im Verdacht, jetzt glaube ich sogar, daß ich ihn gesehen habe, aber beschwören kann ich das nicht. Ich stand ganz vorn, zwischen den Kindern, und plötzlich, als die U-Bahn einfuhr, fiel der Junge in dem gelben Anorak aufs Gleis – und ich – ich habe auch eine gelbe Jacke an, ganz genauso gelb ...«

Agnes Molden schluchzte so stark, daß Kemper sie kaum verstand. »Bitte, Frau Molden, versuchen Sie, sich zu beruhigen. Es gibt keine Zeugen bis jetzt, die Ihre Beobachtungen bestätigen, aber meine Kollegen sind schon vor Ort, sie untersuchen den Fall. Wenn Sie sich nicht sicher fühlen, bleiben Sie im Haus, ich komme, sobald ich hier wegkann.«

Noch mal wählte Agnes Molden, diesmal die Praxis ihres Mannes. Seine Helferin sagte sofort, daß Matthias gerade einen Patienten behandle.

»Ich muß meinen Mann sprechen, unbedingt«, verlangte Agnes, sie konnte sich fast nicht zwingen, klar und deutlich zu sprechen, immer wieder brach ihr die Stimme ab.

»Um Gottes willen, Frau Molden, was ist denn passiert? Warten Sie, ich hole Ihren Mann.«

Matthias empfahl Agnes, die Haustür zu verriegeln, die Kette vorzulegen und an der Gartentür die Rolläden herunterzulassen. »Ich hole die Kinder vom Kindergarten und komme heim. Dann fahren wir für ein paar Tage weg, bis der Spuk vorbei ist, das verspreche ich dir. Ich muß noch zwei Patienten behandeln, sie warten schon lange. Vor dem Papke brauchst du keine Angst zu haben. Der traut sich ganz sicher nicht mehr in die Max-Ernst-Straße. Er muß doch damit rechnen, daß du ihn gesehen hast, daß die Polizei ihn suchen wird. Der ist mit Sicherheit längst abgehaun.«

Schwerfällig legte Agnes ihren Mantel ab, mit zitternden Händen stellte sie ihre Tasche auf einen Stuhl, auf den nächsten setzte sie sich, starrte in das leere Wohnzimmer, auf den Strauß blauer Rosen, den Sissi ihr gebracht hatte, blaue Rosen mit grünen Blättern, kein Wunder der Natur, nur ein schlichter Trick, und irgendwo lief dieser Papke herum, der sie heute unter die U-Bahn stoßen wollte und einen Jungen getötet hatte, den er statt ihrer auf die Gleise stieß.

Agnes Molden ging zur Tür des Gartenzimmers, um die Rolläden herunterzulassen, wie Matthias es ihr geraten hatte. Als sie aus der Wohnzimmertür trat, sah sie Papke draußen hinter der Glastür stehen, in der Hand ein schweres Eisenrohr. Er grinste Agnes an in irrer Wut, hob das Eisenrohr. Im Wegrennen hörte Agnes die Scherben klirren.

18

Ingrid Papke trug eine Reisetasche mit Babysachen in der einen Hand, in der anderen hatte sie eine Tragetasche, in der Niki schlief. Emilie Koch nahm die Plastik-Badewanne vom Tisch, die gefüllt war mit Papierwindeln. Beide Frauen waren warm und praktisch gekleidet, auch Niki trug ein fellgefüttertes Mützchen und war bis zu seiner Nasenspitze zugedeckt.

Emilie Koch sah sich wie abschiednehmend in ihrem Wohnzimmer um. »Ob das gutgeht, Ingrid? Ich habe solche Angst.«

»Mußt du nicht, Millie, bisher hat niemand einen Verdacht. Die Zeitungen schreiben, daß der Junge wahrscheinlich schon lange nicht mehr lebt.« Ingrid sagte es beruhigend, doch auch sie war nervös, trieb zur Eile an. »Komm, Millie, je schneller wir hier rauskommen, desto besser. Wenn wir erst in der Rhön sind, findet uns keiner. Niemand außer Berthold weiß, daß du dieses Haus hast, und Berthold hat so wenig Interesse an mir, daß er mich nicht einmal verraten würde.«

Emilie sah Ingrid mitleidig an. »Warum hast du den nur geheiratet?«

»Na ja, du weißt es doch – ich war halt schwanger. Ich dachte, es wäre besser für das Kind, wenn es eine richtige Familie hätte.«

In diesem Moment ging die Türklingel. Ingrid und

Emilie starrten einander in die angstgeweiteten Augen. »Wer könnte das jetzt sein? Wir machen einfach nicht auf«, befahl Ingrid leise, und Emilie blieb stehen wie erstarrt, lauschte mit fahlem Gesicht zur Tür. Ingrid rannte mit der Babytasche in Emilies Schlafzimmer, schloß sich darin ein.

Obermeister Strobl, der von Kemper den Hinweis bekommen und einige Verdachtsmomente ermittelt hatte, so daß er inzwischen von einer heißen Spur reden konnte, stand mit einer jungen Kollegin vor der Tür. Entschlossen klingelte er ein zweites, ein drittes Mal.

»Geh zum Hausmeister runter, bitte, er soll mit dem Schlüssel kommen«, sagte Strobl zu seiner Kollegin.

Strobl war voller Energie, er fühlte sich auf dem richtigen Weg. Diesmal, nach so vielen Fehlanzeigen und einiger Häme bei Kollegen und Vorgesetzten, war er ganz sicher, daß er die Kindesentführung aufklären würde. Dazu hatte Kemper ihm verholfen, und zum erstenmal war Strobl dem Vorgesetzten dankbar, der ihm immer wieder gepredigt hatte, er müsse versuchen, sich einen Zugang zur Tat zu erschließen, indem er von einer bestimmten charakterlichen Verfassung des mutmaßlichen Täters ausging. Nach Kempers Hinweis auf die Prinz-Papke hatte Strobl bei Frau Schierl einen Besuch gemacht, die ihm beim Auffinden der Leiche von Frau Prinz aufgefallen war. Bereitwillig hatte Frau Schierl Strobl berichtet, daß die Ingrid immer ein komisches Kind gewesen war. »Immer allein. Keine Freunde, in der Schule immer bei den Letzten. Die Frau Prinz hat sich um das Kind nicht gekümmert. Nur die Millie, die alte Zugeherin, die hing an dem Kind, die kannte es ja vom ersten Tag an. In der Steuerkanzlei, die dem Neffen von Frau Koch gehört, da ist die Ingrid nach der Schule dann untergekommen, auch mehr aus Gnade und Barmherzigkeit, glaube ich. Na ja, muffig war sie immer, die Ingrid, auch nicht die Schönste, da beißt so leicht keiner an, aber dann war sie ja schwanger, da hat der Papke sie dann doch geheiratet. Aber wenn Sie mich fragen – glücklich sind die nicht gewesen, nicht einen Tag lang. Und mit dem Kind war es dann ja auch nichts, gestorben ist es, war halt eine Totgeburt im achten Monat, das Kind wollte eben nicht in die Welt. Und seitdem ist die Ingrid noch komischer geworden.«

Eigentlich hatte Strobl nach dieser für ihn wichtigen Aussage das Gefühl, auf ein Gespräch mit Frau Tinius verzichten zu können, doch er sah sie auf dem Gehsteig mit Doktor Lersch, so daß er ihnen auf seinem Weg zum Auto gar nicht entkommen konnte. Doch wer weiß – vielleicht hatten diese bestens informierten Nachbarn ja die eine oder andere wichtige Beobachtung gemacht, die ihm helfen konnte. Und da Frau Tinius ihm sofort zurief, wie es denn mit den Ermittlungen um die Frau Prinz stehe, ging Strobl auf die beiden Leute zu.

»Haben Sie schon was rausgebracht, Herr Kommissar?« fragte Frau Tinius, und auch Lersch schaute ihm neugierig entgegen.

»Obermeister. Nicht Kommissar. Obermeister Strobl. Nein, den Fall Prinz leitet mein Kollege, Hauptkommissar Kemper, ich bin mit der Entführung des Aussiedlerkindes befaßt. Waren Sie zufällig letzten Donnerstag in der Nähe des Ladens von Frau Hegemann?«

Beide, Tinius und Lersch, überlegten, und vor allem Frau Tinius war anzumerken, daß sie viel darum gegeben hätte, Strobl bei der Aufklärungsarbeit behilflich sein zu können. Doch sie mußte passen. »An dem Nachmittag war ich beim Zahnarzt. Amalgam. Ich hab immer noch Amalgam in meinen Zähnen, man sollte es nicht glauben, und deshalb war ich bei meiner neuen Zahnärztin in Solln, da fahr ich extra raus, mit der S-Bahn, wissen Sie, man muß sich seine Ärzte genau aussuchen heutzutage, sonst werden Sie eines Tages wach und haben den ganzen Mund voller Amalgam.«

Strobl hörte nur halb zu, sein Interesse galt Doktor Lersch, der offensichtlich versuchte, sich zu erinnern.

»Donnerstags kommen Freunde zum Bridge. Früher hat meine Frau gespielt, für mich war das Zeitverschwendung, aber jetzt, wo meine Frau tot ist, spiele ich an ihrer Stelle weiter. Immer donnerstags. Und da habe ich bei Frau Hegemann vorher noch rasch Käsekuchen gekauft, so einen in der Folie, und wie ich zum Gartentor rein bin, kam die Ingrid, die Ingrid Prinz, sie ging an meinem Tor vorbei auf dem Gehsteig Richtung De-Chirico-Straße und ich hab mir gar nichts gedacht. Ein paar Minuten später, als meine Bridgefreunde schellten, bin ich wieder ans Gartentor, hab sie reingelassen, und da kam die Ingrid zurück, woher sie kam, weiß ich nicht, aber ich hab gesehen, daß sie komisch läuft, gekrümmt, ziemlich eilig. Ob ihr was fehlt, hab ich mich gefragt, aber dann hab ich das wieder vergessen. Doch jetzt, wo Sie mich daran erinnern, sehe ich es deutlich vor mir –«

Lersch sah Strobl nachdenklich an, Strobl fragte, ob er noch wisse, was Ingrid Prinz-Papke angehabt habe an dem Tag. »Hatte sie irgendwas dabei, eine Tasche, einen Korb, irgendwas?«

Lersch dachte kurz nach, schüttelte entschieden den Kopf. »Das kann ich beschwören, sie hatte nichts dabei, einen Lodenmantel hatte sie an, sie ging nur so seltsam, wie schon gesagt, ganz seltsam ging die Ingrid. Ich kenn sie schließlich seit ihrer Geburt.«

Strobl verabschiedete sich rasch, er sah noch, wie Frau Tinius und Doktor Lersch sich mit besorgten Blikken einander zuwendeten. Sie kannten Ingrid Prinz-Papke seit deren Kindheit, und daß sich jetzt im Zusammenhang mit dem Entführungsfall die Polizei mit ihr beschäftigte, machte sie offensichtlich mitleidig. Anders als Frau Schierl, aus deren Redefluß Strobl eher so etwas wie kalte Genugtuung herausgehört hatte.

Als Kemper ihm nach der Vernehmung der Prinz-Papke von seiner Beobachtung in der Steuerkanzlei erzählt hatte, von dem Weinen eines Säuglings, von der Lüge Ingrid Prinz-Papkes, daß dieses Kind dem Hausmeister-Ehepaar gehöre, hatte Strobl sich eher resignativ als energisch dieser Spur gewidmet. Was sollte die Prinz-Papke mit diesem Aussiedlerbaby anfangen? Doch nun, wo er dem Rat Kempers gefolgt war und sich mit der Vergangenheit dieser Frau beschäftigt hatte, waren ihm plötzlich die Zusammenhänge klargeworden. Er hatte seine Kollegin, die heute mit ihm Dienst tat, gebeten, ihn zu begleiten, denn einer Frau, die ein Baby entführt hatte, fühlte er sich allein nicht gewachsen.

Und nun stand er hier, auf sein Klingeln kam keine Reaktion, kein Säuglingsweinen, kein Geräusch. Aber das wollte nichts heißen. Strobl war entschlossen, sich keinem Zweifel hinzugeben. Als der Hausmeister kam, bat ihn Strobl, die Tür aufzuschließen.

Strobl stand in der dunklen Diele, ertastete einen Lichtschalter, machte Licht und rief laut: »Polizei! Kommen Sie sofort raus!«

Emilie Koch erschien in der Wohnzimmertür, sie starrte auf Strobl, griff sich an die Kehle und sackte lautlos in sich zusammen.

Strobls Kollegin rief über ihr Handy laut ärztliche Hilfe herbei. Wie ein Schatten kam Ingrid Prinz-Papke aus dem Schlafzimmer, stürzte zu Emilie Koch, hob sie sanft hoch, drückte den schlaffen Körper an sich. »Millie, bleib bei mir, bitte, Millie, bitte!«

Strobl kam aus dem Schlafzimmer, hatte die Tragetasche mit Niki an der Hand. Niki war aufgewacht, er begann zu weinen. Ingrid ließ Millie zu Boden gleiten, wollte Niki aus dem Tragkorb nehmen, aber Strobl wehrte sie nicht grob, doch bestimmt ab, reichte den Korb der Polizistin, sie ging mit Niki zur Tür, wo gerade ein Arzt und zwei Sanitäter hereinkamen, die sich rasch und sachlich um Emilie Koch kümmerten.

Die konnten ihr doch nicht Niki wegnehmen. Er ist doch mein Sohn, schrie es in Ingrid, aber wie in einem Alptraum konnte sie ihre Stimme nicht laut werden lassen – sosehr sie sich auch bemühte, es kam kein Ton aus ihrem Mund. Was wollte diese Polizistin mit Ingrids Kind, sie wußte nicht, was Niki zum Trinken bekam, wie lange er zum Aufstoßen brauchte, daß er noch nicht durchschlief in der Nacht. Sie würden ihn schreien lassen, so wie damals Muck geschrien hatte, bis er nackt und eiskalt gewesen war. Niki! Nikiiii!

»Hier können wir nichts mehr tun. Lassen Sie die Frau abholen.« Wie von weitem hörte Ingrid den Arzt, der Emilie Koch untersucht hatte und jetzt aufstand, etwas in einen Block schrieb. Ingrid hörte ihn, verstand aber nicht, was er sagte, es war ihr, als redete er in einer Sprache, die sie noch nie gehört hatte. Vage begriff Ingrid, daß Emilie genauso weggebracht werden würde wie Niki. Ingrids Nerven, so lange über das erträgliche Maß hinaus angespannt, begannen wie brüchige Fäden zu zerreißen, sie stieß einen Schrei aus, der nichts Menschliches mehr an sich hatte, der Strobl zu ihr herumwirbeln ließ, doch da war sie schon beim Fenster, riß es auf, und ehe Strobl hinstürzen und sie festhalten konnte, war sie vom Fensterbrett in die Tiefe gesprungen.

19

Agnes Molden rannte hinaus in den Vorgarten, sah Kemper aus dem Auto steigen, er fing sie auf, versuchte, sie zu beruhigen. Agnes deutete voller Angst und Panik ins Haus. »Papke, dort, er schlägt die Gartentür ein –«

Kemper lief die Treppenstufen hoch ins Haus, hörte das Klirren, Kemper rannte durchs Wohnzimmer zur Gartentür, holte im Laufen seine Waffe heraus und stand Papke gegenüber, der ihn sekundenlang anstarrte, als sähe er ein Gespenst. Dann drehte Papke sich um, zwängte sich zurück durch die Glastür, Kemper schrie: »Vorsicht!«, doch ein großer Glassplitter, der wie ein Finger vom Rand der Tür herausragte, hatte Papke schon an seiner linken Hand verletzt. Er blutete stark, entsetzte sich über so viel Blut und fiel ohnmächtig auf der Treppe in sich zusammen.

Kemper riß seine Krawatte runter, Agnes Molden war nur zögernd und vorsichtig hinzugetreten, half ihm dann aber ziemlich geschickt, Papkes Wunde abzubinden.

»Sie sind aber freundlich zu ihm, wenn man bedenkt, was er vorhatte«, stellte Kemper erstaunt fest, als Agnes mit einer Couchdecke kam, sie über Papke legte, während Kemper per Handy seine Kollegen und den Notarzt herbeirief.

Kemper und Agnes Molden saßen wartend im Gartenzimmer, stumm, den Blick auf Papke, der immer noch ohnmächtig auf der Treppe lehnte, mit dem Rücken an der Wand.

Vom Eingang hörte man Kinderstimmen, Agnes sprang auf. »Da kommen mein Mann und meine Kinder«, sagte sie erleichtert, und Kemper sah, wie sich ihr bleiches Gesicht belebte.

»Halten Sie die Kinder fern«, riet Kemper, und Agnes Molden sagte, natürlich, sie werde sie in ihr Zimmer zum Spielen schicken. Kemper hörte, wie die Kinder auf ihre Mutter einstürmten.

»Der Titus ist so ein Blödmann, der will immer der Bestimmer sein. Bloß wegen seiner Altheit.«

»Stimmt's, Mama, ich war zuerst auf der Welt. Un nich die Hortense! Die kuckt mich immer so blöd an. Un wenn ich sage, kuck nich so blöd, ich bin viel älter als du, dann kuckt sie noch blöder.«

»Stimmt ja gaanich, du Doofmann.«

»Stimmt wohl.«

»Marsch, Kinder«, sagte Agnes bestimmt, »geht in euer Zimmer. Wir haben Besuch. Ich hole euch dann später.«

»Und dann fahren wir alle für ein paar Tage aufs Land, da haben wir dann viel Zeit, um mit euch zu spielen«, fügte Matthias Molden hinzu.

Kemper hörte, wie die Kinder die Treppe hinaufpolterten, sie waren schon wieder am Streiten, es ging um irgendein Flumi oder so etwas Ähnliches, das das Mädchen gefunden hatte und von dem der Junge behauptete, daß es aber ihm gehöre.

»Das ist meins, du Arsch«, kreischte das Mädchen, die Antwort des Jungen konnte Kemper nicht mehr hören, denn oben schlug eine Tür krachend zu, und dann war Ruhe.

Matthias Molden, der von Kemper und Papke noch gar nichts bemerkt hatte, öffnete die Tür, er sah überrascht einen Arzt und zwei Sanitäter vor sich stehen.

»Wo ist der Mann?« wollte der Arzt wissen. Ehe Molden fragen konnte, wovon er denn rede, tauchte Kemper hinter ihm auf, winkte den Arzt zu sich, und Molden sah fassungslos, wie die Männer den bewußtlosen Berthold Papke auf eine Bahre luden, die sie im Wohnzimmer kurz absetzten.

»Er hat ziemlich viel Blut verloren, wir fahren sofort zum Dritten Orden«, sagte der Arzt.

Kemper begleitete die Männer hinaus, dann kam er zurück zu den Moldens, sagte, er werde jetzt gehen, leider habe er immer noch keine schlüssigen Beweise, was den Tod von Frau Prinz angehe.

»Ich hoffe, daß Sie mich nicht mehr verdächtigen«, sagte Agnes Molden, sie sah Kemper forschend an, doch er schüttelte nur leicht den Kopf, dann ging er.

Matthias zog Agnes fest an sich. »Du mußt für ein paar Tage hier heraus. Ich denke, wir fahren zu Molly und Veit, was meinst du?«

»Sie haben schon zwei Dackel, und dann noch unsere Kinder – die beiden sind im Moment nur damit beschäftigt, sich zu streiten. Man könnte denken, sie seien ein altes Ehepaar vor der goldenen Hochzeit. Ich glaube, die können wir niemandem zumuten.«

»Geh – so schlimm sind sie auch wieder nicht.« Matthias Molden war fast verstimmt, daß Agnes die Zwillinge so kritisch sah. »Hör doch mal nach oben – kein Laut. Sie spielen ganz friedlich. Wenn du ehrlich bist, ist ihr Streiten eher die Ausnahme.«

Agnes Molden war in ihren Gedanken schon wieder woanders. »Der Papke – der wollte mich umbringen – darauf wette ich. Vielleicht hat er auch seine Schwiegermutter auf dem Gewissen.«

»Die Spezialisten von der Kripo haben doch alles genau berechnet. Die Fallgeschwindigkeit, den Kurvenwinkel. Die Dachziegel und der Stein müssen vom Gerüst heruntergefallen sein. Und wie sollte der Papke auf das Gerüst an unserem Haus kommen?«

»Das ist doch eine leichte Übung, Matthias. Vom Dach des Prinz-Hauses kann man doch auf das Gerüst steigen, das könnte ja sogar ich!«

»Erzähl das aber lieber nicht dem Kemper. Schließlich warst du zur Tatzeit zu Hause, Papke und seine Frau haben ein Alibi, wenn auch ein ziemlich dünnes.«

»Was willst du damit sagen?«

Agnes Molden sah ihren Mann an. Was dachte er, was dachte er wirklich? Vor Kemper hatte sie sich nie gefürchtet, dazu war sie anfangs zu arglos gewesen, aber in diesem Augenblick, als Matthias sie vor Kemper warnte, war Agnes empört und gekränkt, und zum erstenmal hatte sie Furcht, Furcht vor Matthias, vor seinen Mutmaßungen, geheimsten Gedanken. Sie spürte, daß ihr kalt wurde, ihr brach der Schweiß aus. Glaubte Matthias – das war ja Wahnsinn –, wie konnte er mit ihr leben, wenn er glaubte, daß sie –

Agnes dachte den Gedanken nicht zu Ende. Stumm,

als sei sie von einem Schlag betäubt, starrte sie Matthias an.

Ihm wurde leicht unbehaglich. Was hatte er falsch gemacht? Agnes war so empfindsam wie die berühmte Mimose. Er hatte das mit dem Kemper doch nur gut gemeint. Die Polizei griff doch nach jedem Strohhalm, wenn sie ratlos war und den Täter nicht fand.

Matthias wollte Agnes ablenken. Er horchte nach oben. »Ich seh mal nach den beiden. Die sind so still. Da stimmt doch was nicht.«

Agnes nickte stumm, ging in die Küche und setzte Teewasser auf.

Hortense und Titus waren nicht im Kinderzimmer. Matthias suchte sie im Bad, ein Stockwerk höher im Gästezimmer, in dem sie auch gern spielten, aber auch dort waren sie nicht. Matthias sah, daß die Tür zum Speicherzimmer aufstand, er stieg ahnungsvoll die Treppe hoch, sah die offene Luke und erschrak so sehr, daß ihm im ersten Moment die Luft wegblieb.

»Nur Agnes nichts sagen, nur die Ruhe«, sagte er sich und stieg aus der Dachluke hinaus auf das Gerüst. Als er am äußersten Rand des Gerüstes angekommen war, sah er Titus und Hortense, die erschrocken um die Hausecke lugten.

Die Kinder starrten Matthias an, er starrte für einen Moment zurück, fragte dann aber, um sie nicht zu verschrecken, gewollt lässig: »Was macht ihr denn hier oben? Das ist doch viel zu gefährlich für euch!«

»Nehe«, sagte Hortense freundlich.

»Wir sind oft hier oben«, erklärte Titus. »Immer, wenn ihr nicht auf uns aufpaßt.«

Jetzt kicherten die beiden, aber nur kurz. Dann sahen sie wieder ernsthaft auf Matthias, dem plötzlich ein Verdacht kam, so ungeheuerlich, daß er sich fast an seiner Luft verschluckte. Er sah seine beiden hübschen Kinder an, Hortense trug ihren schwarzen Overall aus Fell, der eine Kapuze mit runden Ohren hatte.

Hortense bemerkte seinen Blick, erklärte ihm, daß sie die Mickymaus auf dem Dach sei.

Titus trug auch seinen Felloverall, seiner hatte ein Tigermuster, und da sagte Titus auch schon, daß er der Tiger auf dem Dach sei.

»Bloß ohne gemalt im Gesicht, sonst wär ich noch mehr Tiger. Aber die Mama darf es ja nicht wissen.«

»Nehe«, ergänzte Hortense, »sonst hätte ich noch Mausezähne un ne rote Nase.«

»Wart ihr vorgestern auch auf dem Dach?« fragte Matthias bemüht ruhig, und er spürte, wie er den Atem anhielt.

»Ja«, antwortete Titus ruhig.

»Jaha«, bestätigte Hortense.

»Habt ihr – ich meine, waren da Ziegel auf dem Gerüst?«

Hortense wies bereitwillig auf eine Stelle ungefähr vor den Füßen von Matthias.

»Da lagen Ziegel. Zwei.«

»Und ein Stein«, ergänzte Titus.

»Und – was habt ihr damit gemacht?« Matthias versuchte, sachlich und gelassen zugleich zu fragen.

»Ech hab die Ziegel gaanz nach vorne geschubst«, berichtete Hortense.

»Und dann hat se den Stein auch noch nach vorne geschubst. So, kuck ma.« Titus gab einem weiteren Stein, der auf dem Gerüst lag, behutsam kleine Tritte, so daß er Zentimeter für Zentimeter weiter an den Rand des Gerüstes rückte.

Titus schaute runter.

»Da unten war der Brüllaffe. In seinem Vorgarten.«

»Aber ihre Hand war in unserem. Weil – sie macht immer Mama den Vorgarten kaputt. Und sacht, daß wir Tierquäler sind.«

Hortense zog nach diesen Worten heftig die Nase hoch.

»Und zur Mama sagt sie faules Balg, sagt sie zur Mama!«

»Aber die Mama is nicht faul, un ein Balg isse auch nich, is ja die Mama!«

»Und – habt ihr die Ziegel …?« Matthias scheute sich weiterzusprechen, aber die Zwillinge nickten zustimmend.

»Die Hortense hat se angefangen zu schubsen, die Ziegel. Un ich hab gesagt, dann geht se doch tot, der Brüllaffe, wenn du se triffst.«

»Hab ich gesagt, nehe, geht se nich tot von. Ich treff ja nich, erschreck se man bloß.«

»Ja. Un da hab ich den Stein geschubst. Wollte se auch bißchen erschrecken. Weil se immer Tierquäler gesacht hat.«

»Un blöde Bälger, geht nach eurer blöden Mama, die is ja selber noch ein Balg, hat se auch rübergesacht.«

»Immer all so was Fieses. Konnt ma nich mehr innen Garten.«

»Aber jetzt könn ma wieder. Nu isse tot.«

»Mausetot, der Brüllaffe.«

20

Kemper saß mit Strobl beim »Augustiner«. Während sie aufs Essen warteten, setzte Kemper Strobl auseinander, daß es generelle Aussagen über die Täterpersönlichkeit in ihrer speziellen charakterlichen Verfassung nicht gebe. Das habe er wieder beim Fall Prinz bestätigt gefunden. »Die Kinder haben Frau Prinz nur erschrecken wollen. Doch der Schwiegersohn und die Stieftochter hätten beide die Mörder sein können, obwohl beide völlig unterschiedliche Charakterstrukturen aufweisen. Es gibt eben nicht den besonderen Tätertyp des Mörders, ebensowenig wie es den typischen Mörder gibt. Die Erfahrung zeigt, daß der Vollzug von Tötungen in den Breiten menschlicher Handlungsmöglichkeiten überhaupt liegt.«

»Das ist ein Trost«, erklärte Strobl herzlos, »da werden wir nicht arbeitslos.« Er hob sein Bierglas. »Ich trinke mit dir auf unseren nächsten Fall, aber für heute mag ich nur noch einen Schweinsbraten.«